50 Jahre
Radius Verlag

KLAUS-PETER HERTZSCH

Die Stärken des Schwachen

Erinnerungen an eine gefährliche Zeit

RADIUS

Professor Dr. Klaus-Peter Hertzsch, 1930 in Jena geboren, aufgewachsen in Eisenach, studierte Theologie in Jena. 1957 bis 1959 Konviktinspektor in Jena und Gemeindepfarrer, 1959 bis 1966 Studentenpfarrer, danach Leiter der Geschäftsstelle der Evang. Studentengemeinden der DDR in Berlin. 1967 Dr. der Theologie. Seit 1968 bis zur Emeritierung 1995 Professor für Praktische Theologie. Seit 1977 Mitglied der Synode des Bundes der Ev. Kirchen in der DDR und der Thüringer Landessynode.

Im Radius-Verlag liegen von Klaus-Peter Hertzsch vor:

Chancen des Alters. Sieben Thesen
Der ganze Fisch war voll Gesang. Biblische Balladen zum Vorlesen
Laß uns vorwärts in die Weite sehn. Texte zu meiner Biographie
Sag meinen Kindern, dass sie weiterziehn. Erinnerungen
sowie
eine Festschrift zum 80sten Geburtstag des Autors:
Ein Smaragd hat's mir erzählt. Vom Reden über biblische Geschichten.
Herausgegeben von Michael Trowitzsch

ISBN 978-3-87173-942-2

Umschlag: André Baumeister
Gesamtherstellung: CPI, Clausen & Bosse, Leck
Gedruckt auf holz- und säurefreiem Werkdruckpapier
Printed in Germany

Der nächsten Generation
meinem Sohn Martin

Berliner Welten

»Wie alt bist du?«, fragte der Berliner Arzt, und ich sagte: »Fünf.« – »Dann bist du ja schon ein großer Junge. Und kannst sicher schon zählen. Bestimmt bis zehn. Gleich musst du nämlich zählen. Wart's nur ab.« Er hatte meine Hand aus Schwester Marys Hand übernommen; seine war so groß wie ihre, und meine war darin ganz klein. Schwester Mary, eine große strenge Frau, war mit mir von der Kinderstation der Augenklinik auf einer sehr breiten Treppe heruntergestiegen. Oben bei den Kindern war alles kleiner, denn es war das Dachgeschoss mit tiefer Decke und kleinen Fenstern. Wir hatten alle, Jungen wie Mädchen, graue Kittel an. Unsere Betten hatten wir in zwei Schlafräumen, und den Tag verbrachten wir gemeinsam in einem Raum mit einem großen Kreis von kleinen Stühlen. Die Beleuchtung war matt, und ich fand, sie war wirklich traurig. Hier unten schien mir alles riesig: ein hellweißer Saal mit einer hohen Decke und einem merkwürdigen medizinischen Geruch. »Aus Eisenach kommst du?«, sagte der Arzt ohne großes Interesse, und ich sagte tapfer: »Ich habe noch drei Brüder.« Ich hatte das Gefühl, irgendwie würde meine würgende Angst ein bisschen kleiner, wenn ich mich daran erinnerte, dass diese Brüder zu mir gehörten. »Gleich geht es los«, sagte eine freundliche Schwester. »Es ist gar nicht schlimm. Du kriegst ein bisschen zu riechen, dann schläfst du ein, und wenn du aufwachst, ist alles schon vorbei.« Und der Arzt sagte: »Du musst schön still liegen und laut zählen. Und daran denken, dass du mal ein mutiger Hitlerjunge werden willst.« Dann lag ich auf dem breiten Operationstisch. Das Gesicht des Professors tauchte verschwommen vor meinen Augen auf, und eine Ärztin legte auf mein Gesicht eine Maske aus weißer Gaze, die mir alle Sicht nahm und mich nur noch den intensiven Äthergeruch einatmen ließ. Ich schrie, was ich konnte, denn augenblicklich ergriff mich das Entsetzen. Ich glaubte zu ersticken. Ich wollte weiter schreien, aber ich hatte plötzlich keine Stimme mehr. Ich hörte nur eine andere Stimme, die Stimme des Arztes, immer weiter weg, aber zugleich immer lauter: »Zählen! Zählen!« und: »Eins – zwei – …« Ich wollte um mich schlagen, aber kein Glied bewegte sich mehr. Jedenfalls sank ich tiefer und tiefer ins Bodenlose. Aus der Ferne aber ertönte ein Chor aus dumpfen Männerstimmen, der sang: »Jetzt haben wir dich. Jetzt haben wir dich.« Mein Leben lang habe ich diesen Gesang nicht vergessen. Damals hatte ich ein Gefühl von schwarzer Ewigkeit: hier kommst du nie wieder raus. Dabei, weit in der dunklen Ferne, ein dröhnendes Zählen: »Fünf – sechs – …« Endlich versank ich in der Nacht.

Als ich aufwachte, hörte ich Stimmen: »Er wacht auf.« Es war nachtdunkel um mich. Als ich nach meinen Augen tastete, fand ich einen Verband, einen ziemlich harten, offenbar mit Gips verstärkt. Die Stimmen redeten aus dem Dunkel weiter, bis eine sagte: »Hallo, Bübchen, na, war das etwa schlimm? Jetzt hast du alles geschafft.« Ich sagte in das Dunkel: »Es ist ganz finster. Unter dem Verband kitzelt das aber eklig.« Und die Stimme sagte lachend: »Dann heilt dein Auge. Ist ein gutes Zeichen.« Ich weiß nicht, ob es 1936 üblich war nach einer Operation des grauen Stars – Johann Sebastian Bach ist an der Operation gestorben, Georg Friedrich Händel erblindet – beide Augen zu verbinden. Vielleicht war es auch die besondere Vorsicht, für die der Berliner Professor bekannt war, oder mit diesem besonderen Fall ging der Operateur besonders behutsam um. Jedenfalls lag ich Tage und Nächte im Dunkel, schlief viel, hörte ein Gewirr von Stimmen am Tag und lauschte in die Stille der Nacht. Einmal wurde ich von Schwester Vera und einmal von Schwester Lisa gefüttert – und noch einen Löffel! Und noch einen…! – und träumte ins Dunkel. Ich gab mir große Mühe, jede Erinnerung an die Stunde der Operation zu verdrängen. Aber es gelang mir nicht immer. Nie wieder, dachte ich dann, glaubst du den Erwachsenen, vor allem nicht Ärzten und Schwestern. Was hatten sie mir nicht alles versprochen, und welche entsetzliche Verlorenheit wartete auf mich! Jetzt lag ich also in der Dunkelheit wie in einem finsteren Keller. »Wo bist du? Wann geht die Tür auf?«, rief es in mir und in meiner Stille.

Besuchszeit war damals nur Mittwoch und Sonnabend. Dann saß meine Mutter an meinem Bett, hielt meine Hand und erzählte, wie schön es in Eisenach wieder sein wird. Manchmal sah ich auch schöne Bilder: unseren Garten zu Hause, und auf der Wiese öffnete sich plötzlich langsam ein Eingang zur schönen jungen Lilofee oder zu Jakobs Himmelsleiter. Oder ich sang auch ganz leise: »Morgen früh, wenn Gott will, wirst du wieder geweckt.« Natürlich weiß ich nicht mehr, nach wie vielen Tagen und Nächten der Professor mit einer großen Schere am Gipsverband zu schneiden begann. Als der Verband fiel, war ich geradezu erschrocken, wie überhell das Tageslicht ist. Es dauerte eine Weile, bis ich mich wieder daran gewöhnt hatte, zu den andern zu gehören und im grauen Kittel im Stühlekreis zu sitzen, Liederraten zu spielen und »Ich sehe was, was du nicht siehst«. Noch einige Tage Nachbehandlung und Abschlussuntersuchung, und meine Mutter kam mit dem Koffer. »Auf Wiedersehen, Schwester Lisa, und auf Wiedersehen, Schwester Mary!«

Es ist merkwürdig, wie sich längst vergangene Tage wieder melden. Im Jahr 2009 übernachteten wir wieder einmal im Hotel Dietrich-Bonhoeffer-Haus, einem eher nüchtern modernem Gebäude an der Ecke Ziegelstraße, nicht weit entfernt von der Oranienburger Straße im Zentrum der ehemaligen DDR-Hauptstadt Berlin. Was mir an diesem Haus gefällt, ist, dass es genau das bietet, was man für eine gute Übernachtung braucht, nicht mehr, nicht weniger. Ursprünglich das »Berliner Haus« der Herrnhuter Brüdergemeine wurde es später von der Landeskirche übernommen. Am Nachmittag und am Abend, wenn die Menschen durchs Zentrum bummeln wollen, ist es hier eher still. Aber am Morgen, wenn das Buffet aufgebaut ist, drängen sich die ausgeschlafenen Gäste, die sich für den

Geschäfts- oder Touristiktag rüsten. Dass man sich hier auf historischem Boden der europäischen Geschichte befindet, ist den Frühstücksgästen in der Regel kaum bekannt. Eine Tafel an der Hauswand berichtet: Zur Zeit der großen Veränderungen in der Jahreswende 1989/90 tagte in dem Saal, in dem wir heute frühstücken, das Gremium, das man damals den »Runden Tisch« nannte, Versuch der Weichenstellung für eine demokratische deutsche Zukunft in einem friedlichen Europa. Die Moderation lag damals in den Händen des Hausherrn und Gastgebers, also der Kirche evangelischer, katholischer und freikirchlicher Konfession. Manchmal sprach ich unsern katholischen Jenaer Stadtpfarrer Karl-Heinz Ducke auf diese Aufgabe an, denn er war damals der katholische Vertreter dort. Dies also ist mein Hotel.

Und jetzt, an einem herbstlichen Abend, komme ich in dieses mein Hotel zurück. Ich sehe mich noch ein wenig in der gegenüberliegenden Häuserzeile um: alte, gesichtslose altpreußische Hauswände. Ich stoße auch auf ein unbeleuchtetes Gebäude, offenbar heute ein Institut der Charité. Und mir fällt ein: Die Augenklinik gehörte doch zur Charité und lag in der Ziegelstraße, für mich damals ein Schreckensname. Könnte es sein, dass diese hohen Fenster die Fenster der Operationsetage von damals sind? War das Fenster dort ganz oben im Dach dann etwa jenes des unvergesslichen Ausblicks? Sah der 81-Jährige von hier unten auf den Fünfjährigen dort oben? Schwester Mary hatte an diesem meinem ersten Kliniktag gesagt: »Wenn man von hier aus, dem Fenster des Verbandsraums, guckt, kann man ganz unten die Haustür sehen.« Dort habe ich an jenem Abend lange gesessen und gewartet. Schließlich kam meine Mutter doch noch heraus. Sie winkte ihrem Jungen noch einmal zu, ging die lange Ziegelstraße entlang, bis sie nicht mehr zu sehen war. Und nun war ich allein, zum ersten Mal in meinem kurzen Leben ganz allein: ohne die Brüder, ohne das gewohnte Bett, ohne das »Gute Nacht« der Eltern unter lauter fremden Menschen. Ich machte ziemlich früh eine Erfahrung, die andere erst viel später machen: Es gibt eine Welt, in der niemand dich kennt, und du kennst auch niemanden. Alles ist fremd und kommt auch ohne dich aus. In Berlin in der Ziegelstraße habe ich früh die große Leere kennengelernt, als die Mutter um die Ecke bog. Das war wie ein Angsttraum. Alle haben dich im Stich gelassen, sind weggegangen, sind in weiter Ferne. Nur eines war mir von Zuhause geblieben: Zwei traurige Augen sahen mich von meinem Nachttisch aus an – mein Reh, ein Steiff-Tier, das heute noch ganz oben auf meinem Bücherregal steht. Mit ihm habe ich mich in der Charité unter der Bettdecke in den Schlaf geweint. 75 Jahre später, ehe ich in mein Hotel gehe, stehe ich auf der Ziegelstraße und blicke nach oben auf ein kleines Fenster.

Zwischenbemerkung

All das ist nun viele Jahrzehnte her, dazwischen liegt eine Zeit voll von Ereignissen und immer neuen Veränderungen unserer Welt. Die, die sich noch selber daran erinnern, werden immer seltener. Ich gehöre zu ihnen. Man spricht heute von Zeitzeugen, Menschen, die vergangene Zeiten noch mit eigenen Augen gesehen und mit eigenen Empfindungen erlebt haben. Wir unterscheiden uns von unsern Kindern und unsern Enkeln jedenfalls darin, dass wir uns an das Lebensgefühl der Menschen von damals erinnern, und darin, dass noch niemand wusste, wie die Mitte des zwanzigsten Jahrhunderts aussehen würde, was uns damals bevorstand und wem die Zukunft gehörte. Ich will versuchen zu schildern, was damals unsere und was speziell meine Hoffnungen und Enttäuschungen waren. Denn die Gegenwart erwächst immer aus einer Vergangenheit. Wenn die Zeitzeugen früherer Jahrzehnte heute berichten, dann entsteht ein Gespräch zwischen den Generationen. Wie sah diese Vergangenheit aus, als sie noch unsere Gegenwart war? Und was verbindet uns mit der Welt unserer Kinder? Ich denke, das ist nicht nur interessant, sondern es ist nützlich. Das Gespräch zwischen den Generationen bedeutet auch, die Tragfähigkeit des Bodens zu prüfen, auf den gemeinsame Zukunft gebaut wird. Dabei stand meine Vergangenheit unter einer besonderen Spannung. Das sogenannte Dritte Reich war auf ein Menschenbild ausgerichtet, dem jeder entsprechen und nach dem jeder sich ausrichten sollte; aber ich gehörte zu denen, die dazu gar nicht in der Lage waren. Denn sein Menschenbild schloss eine körperliche Unversehrtheit und eine helle Jugendlichkeit ein: »Zäh wie Leder, hart wie Kruppstahl und flink wie die Windhunde«, wünschte Hitler sich seine jungen Deutschen. Aber das kann niemand sich aussuchen. Und auf sehr verschiedene Weise betraf das damals viele deutsche Bürger. Das begründete auch die Unmenschlichkeit des Hitlerreiches. Ich will berichten, wie es mir darin ergangen ist, damit eine Schilderung der politischen Wirrungen jener Zeit versuchen und zugleich von dem persönlichen Spannungsfeld eines sehr jungen Menschen im Deutschland von damals erzählen.

Ich habe jene Zeit selber erlebt und denke, ich kann die Leser einführen in die Lebens-, die Zeit- und die Weltgeschichte von damals.

Das war zugleich die Geschichte meiner Familie, das waren die politischen und militärischen Ereignisse, das waren die zeittypischen Prägungen des Jahrhunderts. Diese Mischung soll die Leserinnen und Leser in eine Zeit mitnehmen, die ich noch erlebt habe. Sie ist zugleich erzählte Geschichte, kritische Analyse, historische Wertung, alles zusammen ein Abbild dieser Zeit.

Sooft ich aus der Augenklinik entlassen wurde – und das kam von jetzt an immer wieder vor –, nahm meine Mutter mich an die Hand. Wir gingen von der Ziegelstraße zur U-Bahn. Von dort fuhren wir zum U-Bahnhof Stadtmitte. Dort stieg man auf eine andere Linie um und musste dazu einen sehr, sehr langen unterirdischen Gang bis zum andern Bahnsteig zurücklegen.

Ich hatte das Gefühl, wir lassen eine Welt von Narkosen, Stationskitteln und Augenärzten weit hinter uns und fahren nach Dahlem in die ganz andere Welt des

Großvaters. Und ich versuchte zu vergessen, dass es immer wieder auch den umgekehrten Weg geben würde, den sehr, sehr langen unterirdischen Weg aus der wunderbaren Welt des Großvaters in die Ziegelstraße mit dem Äthergeruch, der strengen Schwester Mary und den trüben Morgenstunden mit wachsender Angst.

Der Großvater war ein wunderbarer alter Herr. Er hatte es vom einfachen Reichsbahn-Mitarbeiter zum Gründer einer Verwaltungsakademie und zum preußischen Regierungsrat gebracht, war aber 1934 in den vorzeitigen Ruhestand versetzt worden. Ich ging mit ihm im Schwarzen Grund in Dahlem spazieren, und er sagte etwas rätselhaft: »Der Führer hat mir meine Akademie abgekauft.« Das hat es also gegeben, habe ich mir später gesagt, dass ein unliebsamer bürgerlicher Beamter mit einer ziemlich hohen Pension mundtot gemacht und sozusagen in die Wüste geschickt wurde. Später wurden Hitlers Methoden viel skrupelloser, und auch auf den Großvater warteten härtere Zeiten. Jetzt hatte er immerhin ein schönes Einfamilienhaus gebaut, in der Ihnestraße gelegen und von ihm zärtlich das Ihnehäuschen genannt. An der Rückwand des Hauses hatte die Großmutter eine Terrasse, auf der sie im Liegestuhl, gebürtige Norwegerin, skandinavische Romane las. Unter einer jungen Birke stand eine Gartenbank, und Herr Kösel aus der Nachbarschaft kam herüber, um zwei Blumenrabatten zu pflegen. Heute kann man sich nicht mehr vorstellen, was mir der Großvater damals berichtete: Er habe erst angefangen zu bauen, als er doppelt so viel Kapital angespart hatte, wie der Voranschlag lautete. »Reserven muss man haben«, sagte er, als er mit mir durch den neu entstandenen Keller ging und dem staunenden Enkel den Weinkeller und die Konservenvorräte vorführte. Es gibt aus dieser Zeit ein Foto, das mich im Sandkasten zeigt im neu angelegten Garten: vor mir eine lange Reihe von Sandkastenkuchen – der Enkel spielte Großvaters Reserven – und neben mir eine kleine Vogeltränke, eben von einer Meise besucht. In der Ferne mitten im freien Gelände sieht man einen Turm, rund und dick, grauer Beton, fensterlos, nur ganz oben eine ganz kleine Öffnung. Mir fiel Rapunzel ein, das seinen Zopf dort hinaushängte. Genau wisse er auch nicht, sagte der Großvater, was das für ein Turm sei. Er wisse nur, dass dort drinnen gelehrte Atomphysiker von der Akademie der Wissenschaften arbeiten und dass es um ein Geheimnis gehe. Bei einer Abendgesellschaft sei er einmal mit einem Professor Planck darauf zu sprechen gekommen. Aber der habe gar nichts Konkretes gesagt. Dass dort Weltgeschichte vorbereitet wurde, Weltentscheidungen fielen, haben wir erst sehr viel später erfahren. Wenn man heute nach Dahlem kommt und, wie wir schon damals im U-Bahnhof Oskar-Helene-Heim aussteigt, kann man sich gar nicht mehr vorstellen, dass es seinerzeit dort weite Flächen gab, auf denen nur Thymian und Heidekraut wuchs. Spätestens als in Westberlin die Freie Universität ihre Institute aufbaute, nahm die große Stadt all die Flächen in Besitz, in denen ich damals durchs Gestrüpp gestolpert bin. Natürlich sind wir, wenn ich in Berlin war, auch in die große Stadt hineingefahren. Das Olympiastadion war gerade fertig geworden und wartete auf die großen Spiele, die Hitlers Deutsches Reich ein international hohes Ansehen verschaffen sollten. Ich war freilich enttäuscht. Da waren die riesigen Bögen der Sitzreihen, und da war das gewaltig hohe Tor mit dem Hakenkreuz, und uns wurde angekündigt, hier marschieren in großem Einmarsch die Sportler aller Nationen ein. Aber ich sah niemand. Wir betrachteten lauter grauen Beton und zogen unverrichteter Dinge wieder ab, und außer mir war merkwürdigerweise niemand enttäuscht. Das sollte einer verstehen, dass es den Erwachsenen Spaß machte, sich lauter Beton anzusehen. Da waren doch die Frösche noch interessanter in dem kleinen Teich, auf den man im Park auf dem Heimweg traf. Das war doch immer noch etwas Lebendiges.

Umso wunderbarer war der Besuch im KDW, dem bekanntesten Kaufhaus der Weltstadt. Schon die Schaufenster zu betrachten, in denen geradezu lebendige Szenen von Spielzimmern und die Kaffeestunde elegant gekleideter Damen zu sehen waren, faszinierten mich. Und dann erst der Fahrstuhlfahrer, der Stockwerk für Stockwerk ausrief, was alles hier zu bekommen war: »Herrenmoden«, »Küchenbedarf«, »Gartenmöbel«. Und ganz und gar, wenn man beim Ausrufen von »Spielwaren« ausstieg, um eine ganze Etage von Kinderwünschen und -träumen um sich zu haben, dann übertraf das alles Vorstellbare. Am Ende auf der Silberterrasse Kakao zu trinken – welch ein Gefühl von Weltläufigkeit! Manchmal, wenn ich mit meiner Mutter oder mit dem spendierfreudigen Großvater in der Stadt war, brach die Dämmerung herein; dann leuchtete die abendliche Stadt in einer bunten Pracht, dann strahlten die farbenreichen Schriftzüge der Neonbeleuchtung auf, sie zuckten oder drehten sich rot, blau oder strahlend weiß. Zu Hause im alltäglichen Pfarrhaus träumte ich von dieser leuchtenden Pracht einer anderen Welt. Berlin Ziegelstraße mit dem Abschiedsfenster des einsamen Kindes und Berlin Dahlem mit dem hell leuchtenden KDW. Das waren meine zwei Sonderwelten, als ich fünf Jahre alt war.

An den Horizont, marsch, marsch

Der Arzt in der Ziegelstraße hatte zu mir gesagt: »Und dann musst du daran denken, dass du mal ein mutiger Hitlerjunge werden willst.« Jahre später treffen wir den kleinen Jungen von damals in Eisenach an, wie er sich bemüht, jetzt dieser allgemein gültigen Aufforderung gerecht zu werden. Mitglied in der HJ, der Hitlerjugend, wurde man erst mit 14 Jahren; aber ab zehn bestand die Pflicht, dem Deutschen Jungvolk anzugehören. Am Mittwoch und am Sonnabend durften die Lehrer keine Hausaufgaben fordern, denn an diesen Tagen fand das statt, was offiziell »Dienst« hieß. Ich gehörte zum Fähnlein »8 Gorch Fock«; keiner von uns hätte sagen können, wer Gorch Fock war. Ich bekam immerhin heraus, dass er im Ersten Weltkrieg Freiwilliger war, heldenhaft, wie es hieß, 1916 in der Seeschlacht von Skagerrak mit der »Wiesbaden« untergegangen. Dass er auch ein Verseschmied war, darunter auch solche mit einem christlichen Zuspruch, das sagte mir mein Vater, Pfarrer in Eisenach West. Das war allerdings den Jungen im Fähnlein seines Namens absolut gleichgültig, denn der Eisenacher Westen war nicht, wie sonst üblich, das gut bürgerliche Stadtviertel, sondern dort standen die geduckten Häuser der Proletarier, die in der »Spinne«, der Spinnerei, ihren geringen Lohn verdienten, und allenfalls standen daneben die etwas feineren Häuser von Leuten, die bei BMW ein wenig besser verdienten. Viele meiner Klassenkameraden rannten gleich nach Schulschluss hinauf zur Eselstation am Fuß der Wartburg, um zur Aufbesserung des Familienunterhalts etwas beizutragen. Das waren handfeste Burschen, die mir allenfalls einmal aus Gutmütigkeit auf die Schulter klopften. Ich durfte Vieles nicht mitmachen und trug schon als Sechsjähriger eine Brille, die damals sehr dicke Gläser hatte.

Eintönig waren diese Dienst-Nachmittage für sie wie für mich. Nur selten gab es Ausnahmen. Ich erinnere mich an einen Appell unseres Fähnleins, als der 17-jährige Fähnleinführer, zum Kriegsdienst eingezogen, mit Fanfaren und einer Ansprache Abschied von uns nahm. »Jetzt«, sagte er am Ende, »gehe ich die Front entlang und gebe jedem von euch die Hand, und zu manchen sage ich auch was.« Er ging also durch die Reihen und kam auch zu mir. Er blieb stehen, gab mir die Hand und sagte: »Werde etwas munterer, mein Freund!« Die anderen im Glied grinsten; aber ich erinnere mich, dass ich mich mühte, diese Ansprache positiv zu deuten. Immerhin hatte er mich einer solchen Ansprache gewürdigt. Und hatte er nicht »etwas munterer« gesagt? Hieß das nicht ein bisschen munter bin ich immerhin schon? Und »mein Freund« hatte er doch keinen anderen genannt. Hatte das nicht vielleicht doch ein Gewicht?

Damals hatte ich in Berlin mehrere sehr komplizierte Operationen hinter mich gebracht. Der Professor hatte mir eingeschärft, ich dürfe auf keinen Fall an Veranstaltungen teilnehmen, bei denen, wie er sagte, »gerungst und geboxt« wurde; der Rest meines Augenlichts stehe auf dem Spiel. Vom Dienst im Jungvolk wurde ich deshalb dispensiert. Aber das galt nur für einige Wochen. Dann musste ich mit beschränkter Dienstfähigkeit wieder mit antreten. Die andern waren immer begeistert, wenn anstelle von Exerzierübungen ein Geländespiel angeordnet war, bei dem zwei Parteien bei sehr handfesten Kämpfen aufeinanderprallten. Dann musste ich zum Fähnleinführer gehen. Ich knallte die Hacken zusammen und sagte in schneidigem Ton: »Fähnleinführer, ich melde: Ich darf nicht mitmachen.« Einer in der Mannschaft sagte: »Feigling!« Einmal war ich dem Führer dankbar, als er sagte: »Dann bleibst du bei mir und bist mein Adjutant.« Als der Adjutant aber beim nächsten Mal dem Führer das Fahrrad zu seinem Bruder in dessen Wohnung bringen und dort abgeben sollte und als der Adjutant erklärte, Fahrrad dürfe er auch nicht fahren, da zuckte der Führer ratlos die Schultern und sagte: »Wozu bist du denn überhaupt zu gebrauchen? Na, geh von mir aus heim!« Und ich schlich davon, unsicher, ob ich mich über den freien Nachmittag freuen oder betrübt sein sollte, weil ich offenbar zu nichts zu gebrauchen war.

Der normale Jungvolk-Dienst spielte sich auf dem Hof der Elisabethen-Schule ab, und zwar vorwiegend als »Ordnungsübung«. Da kommandierte uns ein Unterführer, auch erst 13 Jahre alt – Jungzug-Führer hieß sein Rang. Er scheuchte uns in einer kleineren Gruppe über den Schulhof der Elisabeth-Schule. »An den Horizont, marsch, marsch!«, war da ein häufiger Befehl. Dann mussten wir mit äußerstem Tempo losrennen, bis der kleine Führer rief: »Hinlegen!«, und wir warfen uns in den Staub oder in den Schlamm, je nachdem, was das Wetter bot. So sollte unbedingter Gehorsam eingeübt werden. Dass der allmächtige Unterführer hier seinen Launen und Einfällen freien Lauf lassen konnte, verbitterte uns besonders. Aber wir wussten: Befehlsverweigerung hätte sofort zuständige Instanzen auf den Plan gerufen, und mit denen war nicht zu spaßen. Bei dem »Jungzug«, dem ich angehörte, war besonders beliebt, dass der kleine Führer uns aus dem Schlamm aufzustehen und uns in Reih und Glied aufzustellen befahl. Jetzt trat der Knabe vor die Front, musterte uns und stellte fest: »Dell«, damals wurden Schulkinder von Lehrern und untereinander merkwürdigerweise mit dem Familiennamen genannt, also: »Dell, du wackelst ja mit die Ohren!« Und wenn einer darüber kicherte, schrie der gleichaltrige Befehlshaber: »Hier lacht noch einer. An den Horizont, marsch, marsch!« Das ließ sich beliebig oft wiederholen, auch wenn weder Dell noch ein anderer eine Miene verzog. Schließlich bildeten wir einen Zug, zogen durch die damalige Horst-Wessel-Straße und sangen: »Ja, wir sind Kameraden« oder »Wir lagen vor Madagaskar und hatten die Pest an Bord«. Und die alten Leute am Fenster sagten: »Ja, ja, unsere Jungen.« Und ich dachte erschöpft und angewidert: Wann kommt endlich der erlösende Befehl: »Fähnlein 8 Gorch Fock weggetreten!«

So lästig das alles war: Was Hitlers Reich wirklich bedeutete, erfuhr ich damals erst in der Schule. Dabei waren die beiden ersten Schuljahre sehr friedlich. Mit bunten Zuckertüten zogen wir in einen Klassenraum für Jungen ein, in dem es etwas muffig nach Schulfleiß und Bohnerwachs roch. In der Ecke stand ein dunkelbrauner Schrank mit unseren Zensurenheften. An der Wand hing ein Bild von Hänsel und Gretel, das erst später durch ein Hitlerbild ersetzt wurde. Vor dem Fenster wiegte eine Linde ihre Zweige. Hier wurden wir von Fräulein Eichmüller, einer freundlichen alten Lehrerin, empfangen. Von solchen Jahren behält man eher die originellen Äußerungen der Mitschüler als die hilfreichen Belehrungen der Lehrerin in Erinnerung. Dass eine unverheiratete Frau mit »Fräulein« angeredet wurde, war damals selbstverständlich, wobei das bei den Jungen aus Eisenach West wie »Fräun« klang. Da stand im Lesebuch ein kleines Gedicht von Arno Holz schön rhythmisch, aber ohne Reim. »Fräun Eichmüller«, war die ratlose Anfrage, »das dichtet sich doch gar nicht.« Oder einer beschwerte sich über seinen Hintermann: »Fräun Eichmüller, der Happi hat mich vollgenossen.« Happi war übrigens Heinz Happ, dreißig Jahre später der SED-Landrat von Eisenach. Was es mit der reimlosen Lyrik auf sich hat, versuchte die freundliche Lehrerin zu erklären; aber bei Happi korrigierte sie doch ein wenig. Dass der Vordermann sich beschwerte, sei schon verständlich, aber die richtige Vergangenheitsform heiße nicht »genossen«, sondern »hat genießt«. Ich habe heute noch Frau Eichmüllers sanft freundlichen Ton bei ihren Antworten im Ohr.

Aber dann begann unser drittes Schuljahr, und alles wurde anders. Am ersten Tag trat ein neuer Lehrer vor uns und sagte, er heiße Bosser und sei bereit, uns ein guter Kamerad zu werden, wenn wir tüchtige Kerle seien und so, wie der Führer sich seine Jungs wünsche. »Aber«, fügte er hinzu, »ich mache euch darauf aufmerksam, dass ich weiß, wie man Drückebergern und Schlappschwänzen Beine macht. Da kenne ich keine Kompromisse.«

Vor uns stand ein älterer Mann straff und aufrecht und sah prüfend unsere Bankreihen durch. »Was hast du denn für 'ne dicke Brille?«, ging er gleich auf mich los. »Denk nur nicht, du kannst dich hier drücken. Hier wird von jedem das Gleiche verlangt.« Er war stolz darauf, im Krieg 1917 seinen rechten Arm verloren zu haben, und er agierte erstaunlich geschickt mit seiner hölzernen Prothese. Er setzte sich hinter das Katheder und sah die Spalten durch. Und beinahe befriedigt las er in der Spalte »Beruf der Eltern«: »Pfarrer«. Das hätte ich mir gleich sagen können, hat er wahrscheinlich gedacht.

Vom ersten Tag an wusste ich, woran ich bei Herrn Bosser war. Er war konsequent und folgte seiner Überzeugung, nach der die weichen Knie des Christentums überwunden seien durch eine frei denkende Haltung germanischer Stämme, denen nicht nur die heldenhafte Vergangenheit unserer Ahnen, sondern auch die Zukunft der Herrenrasse gehörte. Rücksichtnahme, sagte er, galt ihm als Feigheit und Barmherzigkeit als Schwäche. Das Schlimme war für mich, dass hier einer seiner Überzeugung wirklich folgte. Ich war gleichsam sein geborener Feind. Am schlimmsten war immer der Montag und der Donnerstag: Sport und Werkunterricht. Am Sport, hatte der ahnungslose Berliner Professor im Attest geschrieben, könne der Schüler mit klaren Einschränkungen teilnehmen. Die Kletterstange sollte ich versuchen hoch zu kommen, aber beim Völkerball hätte ich einen kräftigen Ball an den Kopf kriegen können. Kurzstreckenlauf war erlaubt. Barren nicht. Dass bei solcher Regelung der Betroffene auch bei den erlaubten Disziplinen zu den Letzten gehörte, verstand sich beinahe von selbst. Immer wieder musste ich zu Herrn Bosser gehen: »Das darf ich nicht.« Und ich hatte das Gefühl, der Lehrer genoss es geradezu, immer wieder zu sagen: »Mensch, lass dich doch in Watte packen.« Beinahe noch schlimmer waren am Donnerstag zwei Stunden Werkunterricht. Dafür gab es einen hellen Werkraum, den wir gemeinsam mit der Mädchenklasse benutzten. »Die Jungen«, sagte Herr Bosser, »machen heute Modellbau: eine Ju 88, ein deutsches Militärflugzeug, die Mädchen flechten Kordeln.« Jeder bekam also einen Bogen zum Ausschneiden. Herr Bosser zeigte, wie man die vorgezeichneten Einzelteile sehr sorgfältig ohne Ränder ausschneiden musste, um sie dann mit Pelikanol, dem Papierklebstoff von damals, zu einem plastischen Ju-88-Modell zusammenzukleben. Unvergesslich die von vornherein vergeblichen Versuche, die Einzelteile auch nur einigermaßen randlos auszuschneiden. »Mensch«, sagte Herr Bosser, der beratend durch den Saal ging, »siehst du denn nicht, dass das alles krumm und schief ist?« Natürlich sah ich das, aber was sollte ich denn machen? Bosser winkte seinen Lieblingsschüler Winfried heran. »Gib diesem Onkel Ungeschick doch mal einen Satz Einzelteile. Soll er wenigstens mal zusammenkleben.« Ich halte es für möglich, dass er von vornherein wusste, wie ich am Ende mit pelikanolverklebten Händen dasitzen würde, etwas schief Zusammengeklebtes in der Hand. Herr Bosser war wirklich etwas ratlos. »Du kannst ja wirklich gar nichts«, seufzte er, »und dein Heiland kann dir auch nicht helfen.« Und dann kam ihm ein Gedanke. »Hallo, Mädels«, rief er zur Mädchenwerkstatt hinüber, »könnt ihr einen zwölfjährigen Jesus im Tempel gebrauchen?« Er schob mich dabei auf die Mädchenseite hinüber, während die Jungen, über ihre Ju-88 gebeugt, kicherten. Ich bekam ein mir unbekanntes Gerät in die Hand, mit dem man wahrscheinlich Wollfäden zusammendrehte, und ein Mädchen tuschelte: »Komm, ich mach dir was.« Jedenfalls fing ich an, vor allem vor Montag und Donnerstag Angstträume zu träumen, und die erinnerten an meinen frühen Narkosetraum, in dem ein dumpfer Männerchor gesungen hatte: »Jetzt haben wir dich.« Und Herr Bosser sang diesmal mit.

Das Schwert am seidenen Faden

So begegnete mir immer aufs Neue die Feststellung, dass ich in Hitlers Reich zu nichts zu gebrauchen bin. Was das aber damals tatsächlich bedeutete, habe ich erst viel später erfahren, als ein Arztgeheimnis verjährt war. Ich hatte eine Ärztin, die mich durch die Jahrzehnte meines Lebens begleitete. Als sie sich schließlich neunzigjährig aus der Praxis zurückzog, übergab sie mir meine Akte, und dort fand ich einen Bericht, bei dessen Lektüre mir der Atem stockte. Ich erfuhr, dass mein Berliner Operateur 1937 mit meiner Mutter ein Gespräch über mich und meine Zukunft geführt hat. Über meine Mutter sagte er, diese Frau habe einen »sehr ernsten und zuverlässigen Eindruck« auf ihn gemacht. Und das hieß wahrscheinlich: er hat mit ihr eine offene Sprache gesprochen. In diesem Bericht las ich – jetzt in der etwas umständlichen Sprache des medizinischen Fachmanns: »Hinsichtlich der Frage einer Festlegung der Sterilisierung habe ich der Mutter gesagt, dass ich mit einer Meldung des Peter Hertzsch warte, bis durch die Einschulung klargestellt ist, welches effektive Sehvermögen er auf dem nicht operierten rechten und auf dem linken operierten Auge haben wird.« Ausdrücklich wird in diesem Bericht festgestellt, dass ihr Mann, also mein Vater, weiß, »dass man vor der Frage steht, ob die Sterilisierung beantragt werden soll«. Angesichts dieser Lage, las ich schaudernd, wolle der Professor im Augenblick »zumindest vorläufig einen Antrag noch nicht stellen«. Erst da wusste ich, welches Damoklesschwert all die Jahre über mir hing. All diese Wörter wie »klargestellt«, »Festlegung der Sterilisierung«, »beantragen«, »im Augenblick«, »zumindest vorläufig«, »Meldung« – heute höre ich bei solchen Wörtern vor den Türen die Stiefel dröhnen.

Natürlich war mir damals nicht im Ansatz klar, wie sehr mich dieses abscheuliche Thema schon direkt betroffen hatte, auch nicht, als ich im Sommer 1938 zum ersten Mal mit der Rassenideologie der Nazis im Rahmen einer Belehrung konfrontiert wurde. An einem Mittwoch im Sommer gab es keine Ordnungsübungen und kein »Zum Horizont, marsch, marsch«, sondern vor dem angetretenen Fähnlein stand unser neuer Fähnleinführer neben einem jungen Mann – wie wir alle in braunem Hemd, aber im Unterschied zu uns allen in einer langen Hose –, und unser Fähnleinführer schnarrte: »Stammführer, ich melde dir: Fähnlein 8 Gorch Fock zur Aufklärung angetreten.« Der Stammführer sagte leutselig: »Gehn wir in den Steinbruch?« Am Stadtrand gab es einen, lange schon stillgelegt, rotes Gestein in grüner Landschaft. Wir marschierten dorthin und sangen dabei vom Heideröslein, und angekommen, suchte sich jeder einen alten Steinblock, auf dem er sitzen konnte. Der Stammführer blieb stehen und begann: »Also Aufklärung. Was sagt der Führer über die Wertigkeit der Menschen?« Es gehe hier um eine Grundwahrheit, die könne man auch in »Mein Kampf« lesen. Ob jemand von den Jungen einen Hund habe? Als sich keiner meldete – im Villenviertel Eisenach Süd hatten nicht wenige Oberschüler ihren eigenen Hund –, wich er aus: Aber kennen würden sie doch alle einen. Natürlich! Und jetzt wollte jeder von seiner Erfahrung mit Hunden erzählen: bissigen, putzigen, treuen, weggejagten. Der Stammführer hatte Mühe, wieder zu Wort zu kommen. Er wollte, wie sich jetzt zeigte, auf etwas anderes hinaus. Gab es nicht, fragte er, sehr unterschiedliche Hunde: edle Jagdhunde und verkommene Köter, edle Rassen und verkommene Mischlinge, wunderbare Wolfshunde, wie der Führer einen hat, und traurige Missgeburten, die zu nichts nütze sind? Der Stammführer galt als besonders wirksam, weil er nicht Vorträge hielt, sondern im Gespräch Kontakt aufnahm. Aber jetzt lief ihm die Sache aus dem Ruder. Denn jetzt redeten alle durcheinander. Jeder wollte von einem Hund erzählen. Einer berichtete, im Nachbarhof sei ein Hund, der könne singen. Eine Hündin, wusste ein anderer, hatte eine Unmenge Junge. Ein dritter Hund kroch dauernd unters Bett. Und dann berichtete ein Junge – und alle hörten ihm jetzt zu: Eine alte Frau in seinem Haus hatte einen Hund, der alles für sie machte, obwohl er einen verkrümmten Rücken hatte und kein bisschen Stammbaum. Und als das Enkelkind aufs brüchige Eis lief, da ist er hinterhergesprungen, obwohl er schon ziemlich steif war und fast blind. »Da pfeif ich auf Rasse«, schloss der Erzähler. Die »Aufklärung« war ziemlich festgefahren. Und ich hörte, wie der Stammführer sich zum Fähnleinführer hinüberbeugte: »Wer ist das? Sein Name.«

Der Schrecken um mich herum

Im vierten Schuljahr bekamen wir wieder eine Lehrerin: Fräulein Schenk. Ein Mal begegnete mir Herr Bosser, als er schon nicht mehr mein Klassenlehrer war. Das war kurz nach Ostern, als wir beim Aufmarsch der SA Spalier standen. Wir waren in die vierte Klasse versetzt worden – damals noch zu Ostern. Am 20. April also am Geburtstag des Führers, standen wir Spalier. Ich stand in der vordersten Reihe, Mann für Mann marschierten die SA-Männer an uns vorbei, braune Uniform, Gleichschritt. Und plötzlich sprang ein SA-Mann aus der Reihe auf mich zu, schnippte mit zwei Fingern seiner linken Hand auf meine Nase und rief mit kräftiger Stimme: »Aufwachen!« und sprang ins Glied zurück. Ich sah ihm erschrocken nach. Es war Herr Bosser. Aufwachen – aus welchem Schlaf? Ich habe mich später gefragt, was wir damals eigentlich wahrgenommen haben von dem, was wirklich in unserm Land vor sich ging. Welchen Weckruf hätten wir damals wirklich gebraucht? Worüber der Stammführer uns aufklären wollte: edle Hunde und unbrauchbare Köter, edle Menschen und unbrauchbare Missgeburten, ich fürchte, vom allgemeinen Gefühl des normalen Deutschen, ja vielleicht auch vieler Europäer, war diese Einteilung der Menschen nicht so weit entfernt. Hitler griff durchaus damals allgemein gültige Vorstellungen auf. Ab 1938 fielen die Juden am ehesten dadurch auf, dass sie mehr und mehr aus unsern Städten und Dörfern verschwanden. Viel oder gar kritisch geredet wurde darüber kaum. Hinterher haben manche gedacht, das geschah aus Feigheit. Meine Erinnerung sagt mir: Es war schlimmer. Es war nicht nur Feigheit. In Eisenach hatten die meisten Menschen die Vorstellung, Juden sind wirklich minderwertige Leute, die da in unserer Stadt herumlaufen, ärmlich wie heute die Nichtsesshaften, die Bettler, all die abgerissenen Gestalten. Man hatte die Vorstellung: So sind eben diese Juden – ausgenommen natürlich der gütige Sanitätsrat, den alle kannten. Bei dem hätte man eine Ausnahme machen sollen, aber das ging leider nicht. Herr Bosser hatte uns gesagt: »Seht sie euch doch an, wie sie aussehen!«, und er sagte natürlich nicht, dass dies Aussehen ihnen der ständig wachsende Druck des Hitlerreiches aufgebrannt hatte. Ihre Kleidung war zerschlissen, etwas Neues bekamen sie nicht. Angstvoll blickten sie um sich – Herr Bosser sagte: »Misstrauisch lauernd, wie Juden eben sind.« Gebückt schlichen sie an der Hausmauer entlang, vor allem, seit sie den entsetzlichen gelben Stern mit der Aufschrift »Jude« tragen mussten. Sie wussten, dass sie – vor kurzem noch Warenhausbesitzer, Studienrat oder Klempner – von jedem Beliebigen verächtlich behandelt oder weggestoßen werden konnten. Für jeden waren sie kenntlich und jedem ausgeliefert. Uns wurde gesagt: Die werden aus dem Stadtinnern herausgenommen, so wie man heute gelegentlich bei feierlichen Anlässen Asylanten und Drogenabhängige aus dem Zentrum unsrer Großstädte herausnimmt, und Zeitungen sprechen am andern Tag tatsächlich von einer »reinen Stadt«. Die werden in Lagern konzentriert, sagte man uns, wo sie mit Zigeunern und Homosexuellen erstmal arbeiten lernen. Das wurde uns als sinnvolle Aktion auf unserem Lebensweg mitgegeben.

Als Schuljungen aus einem Pfarrhaus lebten wir gleichsam zwischen den Welten, um nicht zu sagen: zwischen den Fronten.

Neben dieser öffentlichen Welt gab es freilich eine andere, eine geheime Welt, die sich weder vom Herrn Bosser noch vom Stammführer Aufklärung geben ließ. Meine Brüder und ich, der nationalsozialistischen Schule ausgeliefert, wussten nicht, dass unsere Eltern in den Nächten unterwegs waren, um jüdische Kinder von einem Versteck in ein anderes zu bringen. Natürlich gab es einen geheimen Widerstand gegen diese langsame Qual und am Ende geplante Ermordung aller Juden in Deutschland und schließlich in ganz Europa.

Meine Eltern, ein junges Pfarrerehepaar, gehörten zu diesem geheimen Widerstand aus christlicher und auch aus sozialdemokratischer Tradition. In ihr haben auch wir, die nächste Generation, mehr oder weniger gelebt.

Natürlich gab es für meine Brüder und mich vor allem die Welt unserer Familie, unserer Freunde und unserer Gemeinde.

Dazu gehört der Besuch eines Meininger Arztes, der mit seinem kleinen Sohn an einen Nachmittag zu uns kam. Im Eisenacher Pfarrgarten habe ich damals als Achtjähriger mit einem Siebenjährigen gespielt. Ich ahnte natürlich nicht, dass ich viele Jahrzehnte später im Palas der Wartburg eine Laudatio, eine Lobrede halten würde für Paul Oestreicher, der mir damals als kleiner jüdischer Junge begegnet ist und der heute zu den bekanntesten Vertretern der britischen Kirche und der Weltversöhnung gehört. 1997 hieß es in meiner Festrede: »Ich habe ihn in Erinnerung als einen damals noch kleinen, ich denke, rothaarigen Jungen, in einer weißen Matrosenbluse, das war damals das T-Shirt für Siebenjährige. Das klingt nun alles wie ein Kinderidyll und war doch eine Zeit bedrohlicher Lebensgefahr über der Familie Oestreicher. Denn während wir im Pfarrgarten spielten, besprachen unsre Väter, der Meininger Kinderarzt und der Eisenacher Arbeiterpfarrer die letzten Möglichkeiten, dem Tod in Deutschland noch zu entkommen. Es ist meinem Freund und seinen Eltern gerade noch gelungen. Sie haben die nächsten Jahrzehnte in Neuseeland auf der Weltkugel uns genau gegenüber verbracht. Sie sind durch List und mit Gottes Hilfe dem Todesweg entronnen, von dem Nelly Sachs sagt: ›Der Weg für Flüchtlinge aus Rauch … Israel Leib aus Rauch durch die Luft.‹ Als wir uns 1960 in Prag wiedersahen, sind wir gemeinsam nach Lidice gefahren, wo heute die Rosen blühen über der Stätte des Entsetzens, der Schuld und der Trauer, und es schien uns ein Oster- und Auferstehungswunder zu sein, dass es nach der Endlösung einen Neuanfang gibt. Versöhnung, hat mir damals mein Freund gesagt, ist nicht ein Zustand, sondern ein Prozess. Der jüdische Junge von einst zeigt heute den Weg aus der zuerst verbrannten britischen Stadt Coventry zu allen verbrannten und gefährdeten Städten unserer Welt: von Coventry nach Dresden, von Stalingrad nach Hiroshima und nach allen Städten unserer Erde.«

Zurück zum Jahr 1938! Auch in diesem Jahr in einem grauen November war ich Patient in der Kinderstation der Berliner Augenklinik, saß im grauen Kittel im Kreis und fürchtete mich vor einer neuen Operation. Diesmal war ich allerdings nicht allein, sondern mein Bruder Rüdiger – ein Jahr älter als ich – wurde zur gleichen Zeit am grauen Star operiert. Wir ahnten natürlich nichts von dem, was der Professor umständlich in seiner Akte geschrieben hatte: »Hinsichtlich der Frage einer Meldung zur Frage der Sterilisierung« sollten die Ergebnisse der Operationen den Weg dorthin »klarstellen«. »Das Gleiche gilt für seinen Bruder«, hieß es damals ausdrücklich weiter, wobei sich sein Befund als weit günstiger erwies als der für mich ermittelte. Dabei war ich inzwischen acht Jahre alt. Der Brave, Stille, Gehorsame, während mein Bruder über Tische und Betten ging und weder Stöße noch Ringkämpfe mit anderen Jungen scheute. Schwester Lisa sagte: »Das wirst du noch bereuen. Guck dir dein Brüderchen an! Der ist still und brav. Da wird sein Auge auch gesund und deins nicht. Ich sag dir, das wirst du noch bereuen.« In den vergangenen Jahren hatte man übrigens in einem der beiden Schlafräume einen klobigen Lautsprecher über den Köpfen der kleinen Patienten fest gemacht, viele Stunden des Tages erklang jetzt eine gedämpfte Unterhaltungs- und Marschmusik und alle zwei Stunden Nachrichten, die uns nicht interessierten. Unsre Mutter besuchte uns wie immer bei solchen Operationsaufenthalten. Diesmal kam sie allerdings in Begleitung eines Freundes unserer Familie. Er war gerade in Berlin: Aurel von Jüchen, Pastor in Mecklenburg, Sozialdemokrat wie mein Vater, Freund meiner Eltern. Er war übrigens als Autor nicht ganz unbekannt, seine regelmäßig erscheinenden Broschüren hatten den Titel »Gespräche überm Zaun«. Da redeten zwei Nachbarn buchstäblich über Gott und die Welt. Auch er saß in der Besuchszeit an unseren Betten und erzählte uns Geschichten von Bauern und Seeleuten. Und dann, an einem Abend, geschah etwas völlig Unerwartetes, das wir nie mehr vergessen haben. Als die Lampen längst zur Nachtruhe ausgeschaltet waren, fuhren wir alle aus dem ersten Schlaf hoch wegen einer krachenden Unruhe vor unseren Fenstern. Offenbar riesige Massen vom Glas stürzten laut klirrend herunter, schwere Gegenstände krachten polternd zu Boden, raue Männerstimmen riefen sich etwas zu. Draußen, sagt einer, bei uns ist offenbar der Teufel los. Im Radio, das noch leise zum Einschlafen gespielt hatte, war plötzlich eine aufgeregte Stimme zu hören. Ein großer Junge rief: »Stellt laut!« Und jetzt hörten wir, in Paris habe ein tückischer Jude einen deutschen Diplomaten, einen adligen Vertreter unseres Reiches, feige ermordet. Die Geduld unseres Volkes mit diesen Juden sei nun am Ende. Spontan, behauptete der erregte Sprecher, strömten die deutschen Volksgenossen auf die Straßen, um ihrem Zorn Luft zu verschaffen! »Volksgenossen« rief er, »schließt euch an!« Einer war inzwischen ans Fenster getreten, schob den Vorhang zurück und sagte: »Leute, überall brennt's!«

Am nächsten Tag war keine Besuchszeit, aber alle Besucher wurden hereingelassen, denn die Kinder sollten beruhigt werden. Auch unsere Mutter kam schon am Vormittag aus Dahlem in die Innenstadt. Dort draußen, sagte sie, sei alles still geblieben. Sie selber war allerdings noch unterwegs gewesen, um den Abend am Kurfürstendamm zu verbringen mit Pfarrer von Jüchen, den wir »Onkel Aurel« nannten. Der Kurfürstendamm, berichteten sie, an dem ja besonders viele Kaufhäuser mit sehr großen Scheiben lagen, sei ein riesiges Meer von Glassplittern geworden, und ich dachte gleich an mein geliebtes KDW und an das Spielwarenschaufenster. Rüdiger drängte nach draußen, um sich das anzusehen, aber Schwester Mary ließ natürlich keinen hinaus. Ich war dagegen eher froh, hinter sicheren Türen zu sein, denn eine Welt, in der Mörder unterwegs waren – und sei es im fernen Paris – und in der all die schönen Kaufhäuser zersplittert wurden, schreckte mich. Onkel Aurel war an diesem Morgen mitgekommen, aber er war ungewöhnlich still. Unsre Mutter hat uns erst sehr viel später berichtet, was sie erlebt hatten. Als der Tumult ausbrach, seien vor allem SA-Männer zu sehen gewesen. Die seien mit Steinen und andern Gegenständen die Straße herunter gelaufen, hätten Hinweise bekommen, welches jüdische Geschäfte waren, hätten gerufen: »Juden raus!« und die großen Fenster zertrümmert. »Da wurde Aurel zornig«, berichtete unsre Mutter erregt, »wollte einem SA-Mann den Stein wegnehmen. ›Schämst du dich nicht?‹, hat er gerufen – und ich habe ihn mit Mühe und letzter Kraft weggezerrt. Ich habe ihn in eine Seitenstraße gezogen und dort in einen Hauseinhang, der zu unserm Glück offen stand. Die SA hätte ihn sicher blutig und halb totgeschlagen, wenn ich nicht da gewesen wäre. Er wusste selber nicht, ob er zornig oder dankbar war, dass ich ihn von einem Widerstand abgehalten habe. Natürlich hätten sie ihn kaputt geschlagen, denn er war ziemlich allein. ›Aber man muss doch was dagegen tun‹, sagte er.« Aber, wie gesagt, das haben wir alles viel später erfahren. Bei ihrem Besuch bei uns hat unsere Mutter gesagt, das ist die Politik. Jetzt sollten wir erstmal unsre Augen heilen lassen und dann nach Hause fahren. Da reden wir noch mal darüber. Später wurde diese entsetzliche Nacht »Kristallnacht« genannt, und ich weiß nicht, ob damit die Opfer verhöhnt werden sollten oder ob die Berliner ihren Mutterwitz beweisen wollten. Überzeugt hätte auch das mich nicht.

Bis zu diesem schlimmen Novembertag hatte ich dies Jahr 1938 eigentlich als recht angenehmes Jahr in Erinnerung. Man wies uns darauf hin, dass der Führer uns einen guten Schritt voran gebracht habe. »Ihr seid Deutsche«, sagte uns Fräulein Schenk, »darauf könnt ihr stolz sein.« Man musste nur in die Illustrierten sehen, um eine schöne neue Welt vor Augen zu haben. Wir sehen, wie die Autobahnen sich als großes Netz über unsere Gaue legten. Vor allem der Gau Bayern lieferte schöne Pressefotos. Ein blitzender BMW nahm eine steile Kurve auf einer Alpenstraße. Im Hintergrund strahlten die Berggipfel in der Sonne. Immerhin hatte der Führer dort seinen Wohnsitz, und die Städte Nürnberg, die Stadt der Parteitage, und München, wo das Braune Haus stand, gehörten dorthin. Aber auch wir Thüringer, wurde uns gesagt, konnten stolz sein.

Thüringen war schon zwei Jahre vor der »Machtergreifung« von der NSDAP regiert worden. »Trutzgau Thüringen« wurde das Thüringer Land genannt, und unser Gauleiter Fritz Sauckel hatte einen Namen im ganzen deutschen Reich. Bei uns Eisenachern wurde freilich dieser Name erheblich nüchterner deswegen oft genannt, weil das Eisenacher Freibad seinen Namen trug: »Fritz-Sauckel-Bad«, und die Jungen aus der Weststadt sagten: »Wir machen ins Fritzer.«

Das ganz große Ereignis war freilich im März da, was offiziell »die Heimkehr ins Deutsche Reich« genannt wurde. Der Führer Adolf Hitler, der ja gebürtiger Österreicher war, »hat seine Heimat heimgeführt«, stand in den Zeitungen, und selbst unsere Nachbarin, eine handfeste Arbeiterfrau, sagte meiner Mutter: »Da muss auch ich mal Alle Achtung! sagen.« »Heim ins Reich!« wurde von da an eine geläufige Parole, die in den kommenden Jahren immer aufs Neue von Hitlers Ausbreitung in Europa Nachricht gab.

Die Verbreitung solcher Parolen wurde dadurch unterstützt, dass sich inzwischen die Rundfunkgeräte in die Gaststätten und Wohnküchen ausbreiteten. Die meisten hatten einen »Volksempfänger«, ein sehr einfaches, aber dafür auch sehr billiges Gerät, das eigentlich nur einen »Reichssender« empfing. Unsere Eltern hatten aber schon einen »Nora«, ein anspruchsvolles Gerät, das eine innere Beleuchtung besaß und auch Auslandssender empfangen konnte. Dass auf das Hören solcher Auslandssender in wenigen Jahren die Todesstrafe stehen würde, ahnte damals noch niemand. Wenn wir Kinder mal allein in der Wohnung waren, schalteten wir dies feine Gerät heimlich ein und ließen den Zeiger über geheimnisvolle Namen wandern »Milano«, »Bari«, »Beromünster«, und wir lauschten mit leisem Schauer auf sehr ferne, geheimnisvoll verschwommene Klänge.

Jetzt in den Märztagen machten alle von ihren Radioapparaten Gebrauch. Die Märzluft war mild, und Viele hatten ihre Fenster geöffnet. Hitler war in Wien eingezogen, hielt mit schon ziemlich heiserer Stimme seine Ansprache, und das Echo davon ließ man bei uns durch die Volksempfänger aus vielen Häusern und so aus allen Ecken unserer Stadt tönen.

Die Stimme aus diesen Radios berichtete, dass Tausende und Abertausende sich auf dem riesigen Platz drängten, und bei uns hörten wir aus verschiedenen Fenstern die »Heil! Heil!«-Rufe der Heimgeholten. Der Wiener Berichterstatter verkündete, der Platz dort sei ein Meer von Hakenkreuz-Fahnen; dazu schmückten Reihen von kleinen Flaggen die Fenstersimse, und auch sie zeigten alle das Hakenkreuz. Ja, Leute, die dort gewesen waren, erzählten uns hinterher, alle hätten plötzlich die runden Parteiabzeichen der NSDAP getragen. Niemand wusste, woher all diese Anstecker plötzlich kamen, obwohl diese Partei in Österreich verboten war. Viel später hat mir ein jüdischer Wiener Bürger berichtet, wie er damals zum Freiwild wurde. Denn den Juden wurde als Einzigen verboten, solch ein Abzeichen zu tragen und solch eine Fahne aus dem Fenster zu hängen, und mit einem Schlag wurden die Juden des Landes auch ohne gelben Stern kenntlich. Schon am nächsten Tag, berichtete er weiter, musste er mit Leidensgenossen mit einer Zahnbürste einen Bürgersteig säubern. Ich frage mich, sagte er mit erstaunlicher Nachsicht, ob meine Landleute damals wirklich begeistert waren, jetzt zu einer wachsenden Großmacht zu gehören, oder ob sie in Wirklichkeit Angst vor diesem Regime hatten und keinerlei Verdacht erregen und in Ruhe ihre Sachertorte essen wollten.

Natürlich waren es bewegte Tage damals, als Österreich, einst das beherrschende Kaiserreich Europas, zur »deutschen Ostmark« herabsank, und damals, als in einer Novembernacht in unseren Städten die Synagogen brannten. Gleichzeitig ging aber natürlich die normale Schule weiter, und Fräulein Schenk zeigte auf der großen, abgenutzten Landkarte den Verlauf der Ilm und führte uns in die Geheimnisse der Rechtschreibung ein.

Immer wieder aber gab es in unserer Elisabethschule Ereignisse, die uns daran erinnerten, in welcher Welt wir jetzt lebten. Mitten in einer Rechenstunde von Fräulein Schenk wurde diese jäh unterbrochen, als an der Tür nach einem sehr harten, sehr kurzen Klopfen ein Mann in Begleitung des Direktors eintrat und der Direktor erklärte, das sei der Herr Schulinspektor und der werde uns jetzt eine Grundinformation in Rassenlehre geben. Der Mann trug eine straff sitzende Uniform. Als er nach seiner Stunde wieder gegangen war, rätselten wir darüber, welche Uniform das war. SA jedenfalls war es nicht. Er stellte sich also vor die Klasse und sagte: »Heil Hitler!« Früher sei man der Meinung gewesen, auf der Erde gebe es sehr verschiedene Völker, ein allgemeines Gemisch von Völkern und Stämmen, die durcheinander wuselten und versuchten, zu ihrem Kotelett zu kommen. Jetzt aber habe man nach gründlicher Forschung ermittelt, dass die verschiedenen Völker sehr unterschiedliche Wertigkeit besitzen. Wenn wir uns jetzt darüber machten, hat der Führer Adolf Hitler gesagt, die verschiedenen Völker nach ihrer Wertigkeit zu ordnen, dann werde ein ganz neues Zeitalter der Menschheit beginnen. »Ihr seid die glückliche Generation«, sagte der Inspektor und sah uns dabei streng an, »die diese neue Weltordnung durchsetzen und diesen Menschheitsfrühling erleben wird.« Er wolle uns jetzt wenigstens einen kurzen Überblick geben, wie sich diese Wertigkeiten aufbauen. »Da stehen auf der obersten Stufe der Menschheit die Arier. Das sind die nordischen Menschen, in der Regel blond und blauäugig, freilich in verschiedenen Schattierungen – jedenfalls kräftig, gesund, intelligent. Das sind die Deutschen, aber auch die Schweden, die Isländer und die Norweger – ich weise nur auf den weltberühmten Dichter Knut Hamsun hin.« Da hob ein Mitschüler die Hand und schnippte heftig mit den Fingern. »Hertzschies Großmutter ist Norwegerin«, sagte er, sichtlich stolz auf solch einen Klassengenossen. Und ich erinnerte mich, dass mir dieser Vorzug noch vor kurzem ganz unbekannt war. Da sollten wir einen kleinen Fragebogen ausfüllen, unter anderen die Frage: »Arisch?« Und im andern Fall: »nicht arisch ersten, zweiten oder dritten Grades?« Und ich fragte ziemlich ratlos: »Oma ist doch Norwegerin. Sind wir da arisch?« Mein großer Bruder lachte nur und sagte: »Und wie!« Seitdem wusste ich, dass ich sogar einen Grund hatte, ein wenig stolz auf diese besonders arische Großmutter zu sein. Der Inspektor hoffte wohl, einen skandinavisch helläugigen Enkel vorzufinden, als er fragte: »Wer ist das?« Aber ich sah die Enttäuschung, als er einen schmächtigen deutschen Schüler mit einer dicken Brille zu sehen bekam. Da fragte er für alle Fälle: »Hat deine Großmutter auch so starke Brillengläser?« Sein Gesicht schien ein wenig beunruhigt. War dieser Schüler vielleicht sogar erblich von einer schwachsichtigen Großmutter vorgeschädigt? Ich aber musste eine ganze Weile nachdenken, wie es damit war, bis mir einfiel: »Ja, wenn sie manchmal Handarbeit macht, setzt sie eine Brille auf.« Der Schulinspektor beeilte sich, auf sein Thema zurück zu kommen. »Ja, also«, begann er, »auf der Stufe darunter finden wir die slawische Rasse. Das sind vor allem die Völker östlich von uns: Slowaken, Tschechen, natürlich die Polen. Dass wir es hier mit einer niedrigeren Stufe zu tun haben zeigt schon der Volksmund, der ja von ›Polacken‹ und von ›polnischer Wirtschaft‹ spricht. Große Teile dieses angeblich polnischen Gebiets sind ohnehin altes deutsches Land, und wunderbare Städte unserer Väter wie Danzig oder Krakau werden wir sowieso bald heim ins Reich holen. Diese slawischen Völker sind nicht wie die Arier eine Herrenrasse, sondern sie sind von ihrer Prägung eine Rasse von Knechten. Die Herren geben die Befehle, und die Knechte führen sie aus. Beides muss es geben, aber alles an der richtigen Stelle. Wenn die Knechte herrschen wollen oder wenn die Herren geknechtet werden, dann steht die Welt auf den Kopf, und man muss dagegen einschreiten.

Ich sag euch: Es kommt die Zeit, da wird in Europa die richtige Ordnung hergestellt. Da suchen wir uns unsere Bundesgenossen, übernehmen als Führungsmacht die Ordnung unter den Nachbarstaaten und weisen widerspenstige Kräfte in ihre Schranken.

Und dann sind da die Russen, eine Knechtsrasse, die sich ein riesiges Gebiet vor Jahrhunderten angeeignet haben und seitdem verkommen lassen. Dass sie das jetzt mit einem kommunistischen Regime verbinden, macht die Sache nur schlimmer. Und jetzt etwas Wichtiges: Das deutsche Volk, das führende Volk der arischen Rasse, ist in kürzester Zeit auf ein Vielfaches angewachsen, ein kerngesundes und kinderreiches Volk, auf engen Raum zusammengedrängt und dem gegenüber ein rassenmäßig primitives Volk über ein riesiges Gebiet verstreut. Na, wie muss da die Welt in Ordnung gebracht werden? Also, die Antwort liegt doch auf der Hand.« Er sah sich suchend in der Klasse um, und der Sohn des Apothekers, ein Bücherfreund sagte: »Volk ohne Raum.« Der Inspektor strahlte vor lauter Zustimmung. »Richtig! Richtig! Erklär mal der Klasse das Buch vom Hans Grimm!« Und das tat er: »Das Volk ohne Raum braucht den riesigen leeren Raum, und die einheimische Bevölkerung kann gleich als Arbeitskraft eingesetzt werden.« Jetzt drängte unser Besucher spürbar, denn draußen hatte sich die Pausenklingel gemeldet. »Also schnell noch zur nächsten Stufe nach unten. Das sind die Neger. Hier kann eigentlich nur mit Einschränkung von denkenden Menschen die Rede sein. Man redet ja heute immer wieder von Menschenmaterial. Schon vor Jahrhunderten wurden afrikanische Schwarze nach Amerika als billige Ware verkauft. Und bis heute lehnen es standesbewusste Amerikaner ab, das Bahnabteil mit Niggern zu teilen. Es gibt freilich etwas sentimentale Pietisten, die sagen: ›Aber das sind doch auch Menschen.‹ Denen sag ich, die Welt ist nun einmal wie sie ist. Schon der Struwwelpeter-Hofmann zuckt da die Achseln: ›Was kann der arme Mohr dafür, dass er so weiß nicht ist wie ihr.‹ Da hilft ihm nichts. Jetzt geht es noch abwärts ins Bodenlose zur jüdischen Rasse. Aber darüber reden wieder ein Andermal. Da geht es ja nicht um noch irgendwie brauchbare Menschen, sondern da geht es um den Unrat der Menschheit. Damit müssen wir uns noch auseinandersetzen. Also für heute: Heil Hitler!« Er ging mit strammen Schritten zur Tür, und beflissen folgte ihm der Direktor.

Die Stärken des Schwachen

Ich habe jetzt eine Entdeckung gemacht, die mich an meine Mutter erinnert. Sie ist vor zwanzig Jahren gestorben. Die zweisprachig aufgewachsene Tochter der erwähnten Norwegerin. In deren Land ist es üblich, dass die Kinder ihre Eltern beim Vornamen rufen. Darum nannten wir unsere Eltern »Vater Erich« und »Mutter Karin«. Meine Entdeckung aber ist ein ziemlich dickes Schulheft, voll geschrieben mit einer sorgfältigen steilen Handschrift, und auf der ersten Seite steht: »Meiner lieben Mutter Karin zum Weihnachtsfest 1944 von Peter«. In einem entlegenen Wandschrank fand ich dies Dokument einer verklungenen Zeit, Erinnerung an frühe Tage des Vierzehnjährigen, der ich damals war. Ich sehe mich heute noch unter der sehr hellen Schreibtischlampe an den immer länger werdenden Herbstabenden, tief herunter gebeugt auf mein Manuskript. Berichtet wird hier über eine Sommerwoche in Jena. Ich weiß nicht, warum die Sommerferien am Eisenacher Gymnasium eine Woche früher begannen als in Jena. Jedenfalls konnte ich eine erste Ferienwoche zu einer besonderen Unternehmung nutzen. Damals waren meine Eltern mit einer jungen Lehrerin in Jena befreundet, die hatte mich immer einmal eingeladen. Ich war also ihr Gast an der Reformschule des Pädagogen Peter Petersen, seiner »Jenaplanschule«, an der sie arbeitete. Das war eine sehr gut genutzte, sehr lebendige erste Ferienwoche. Hinzu kam ein glücklicher Zufall, mein Freund Walter hatte seine Großmutter in Jena, wir konnten also unsere Ferienwoche gemeinsam verbringen, er wohnte bei ihr. Das Wort »Freund« war für uns damals ein Wort mit besonderem Gewicht. Man hatte Bekannte, hatte Klassenkameraden, vielleicht auch Kumpels. Aber einen richtigen Freund hatte man nur in einem. Der fuhr also jetzt mit mir nach Jena.

Schon der Aufbruch an ersten Tag bot ein Bild, das für diese Sommerzeit typisch war. Von Eisenach fuhren wir nach Jena über Erfurt und über Weimar. In der ersten Morgenfrühe stiegen wir in unsern Zug ein. Kurz vor Mittag waren wir endlich am Ziel. Heute dauert diese Fahrt siebzig Minuten. Heute lädt die Werbung den Fahrgast nachdrücklich zum Reisen ein – so schnell und so weit wie möglich. Damals im Juli des letzten Kriegsjahres warnte dagegen die Reichsbahn eindringlich vor dem Verreisen. Über den Bahnsteigen waren Losungen aufgespannt: »Erst siegen, dann reisen!« und »Räder müssen rollen für den Sieg!« Während unseres Aufenthalts in Jena kam übrigens eine Verordnung heraus, man brauche von jetzt an für jede Reise über 100 Kilometer eine Genehmigung der zuständigen Behörde. Wir hatten noch Glück, dass die Reise zurück nach Eisenach nur 103 Kilometer betrug, wir lösten also einen Fahrschein nach Wutha, die letzte Station vorher, und wanderten mit unseren Koffern über die heiße Landstraße nach Hause.

Jetzt aber waren wir erstmal in Jena angekommen. Wie diese Fahrt praktisch ausgesehen hatte, wird in meinem Bericht für Mutter Karin anschaulich und real geschildert. Hier eine Leseprobe:

»Dann kam in Erfurt das Umsteigen. Das Umsteigen selbst war nicht schlimm und ging glatt. Aber was schlimm war, war der Zug, in den wir jetzt stiegen. Der war nämlich so katastrophal voll, dass es mir bis heute ein Rätsel ist, wie wir hineingekommen sind. Jedenfalls standen wir dann plötzlich drin, eingekeilt von den Menschen. Als einzig Sichtbares vor uns der breite Rücken eines älteren Herrn. Die Lokomotive hatte wahrhaftig eine Unmasse Menschen zu ziehen, ihr Gepruste und der Dampf, der in schwarzen Schwaden ins Abteil trieb, waren auch danach. In Weimar konnte sie sich dann gar nicht entschließen, weiter zu fahren. Sie ruhte sich eine gute halbe Stunde aus. Die Sonne brannte unentwegt zum Fenster hinein, ein bestialischer Geruch nach Ruß, Knoblauch, Schweiß und Tabakqualm verbreitete sich im Abteil. Und der Zug fuhr nicht weiter. Es stiegen auch Leute ein, ausschließlich durchs Fenster. Dann fuhr der Zug aber doch ab. Schnaufend legte er die letzte Strecke zurück. Als er in Jena hielt, atmete ich von ganzem Herzen auf. Aber es kam erst das Schlimmste. Wie komme ich aus dem Wagen heraus. Es waren noch viele Leute im Abteil, die dasselbe dachten. Es entstand ein entsetzliches Gedränge, wobei die Außenstehenden begannen nach innen zu drängen, aus Sorge, nicht hereinzukommen. In diesem Moment höchster Not schwang sich ein forscher, etwas kleiner Mann auf einen Koffer und begann von da oben zu organisieren. Das verstand er übrigens glänzend, und bald war jeder da, wo er hinwollte. Walter und ich also auf dem Bahnsteig.«

Vor dem Bahnhof stand ein Mädchen und fragte nach unsern Namen. Sie sei Schülerin in der Petersen-Schule und beauftragt, uns dorthin zu führen.

Dass Walter mein exklusiver Freund wurde, lag letztlich am Charakter der Zeit. Gewiss hatten die beiden Pfarrhäuser, aus denen wir kamen, schon einen freundlichen Kontakt zueinander, gewiss hatten wir beide zu einer Kindergruppe Musikerziehung gehört und ab dem neunten Lebensjahr im Eisenacher Bachchor in den Knabenstimmen gesungen und saßen, als wir mit dem fünften Schuljahr aufs Gymnasium wechselten, nahe beieinander in den vorderen Bänken. Aber das Entscheidende war doch, dass der Charakter unserer Zeit ihm so sehr zuwider war wie mir. Ich machte mir jetzt als Halbwüchsiger meine Gedanken über die damalige Zeit und über meine Rolle in ihr als jemand, der als schwer körpergeschädigt galt.

Vielleicht, überlegte ich, ist die wichtigste Lebenserfahrung, die der Behinderte beizeiten macht, die, dass er anders ist als die anderen, dass er sich von der Masse seiner Mitschüler, seiner Mitbürger, seiner Mitmenschen unterscheidet – und zwar zu seinem Nachteil. So ein sehgeschädigter Junge wird beim Klassenfoto in die hintere Reihe gestellt werden und mit seiner Brille auch dort das hübsche Bild ein wenig beeinträchtigen.

Ich sah mir im Fotoalbum der Familie mein rührend ahnungsloses Gesicht an: der glaubt noch, er sieht aus wie alle andern. Auf den Fotos späterer Jahre wird dann deutlich, wie hier einer bemüht ist, seine Behinderung, sein Anderssein möglichst unauffällig zu machen, zu verdecken, zu überspielen. Später aber erkennt man bei seinem Auftreten etwas Neues: den Versuch, sich zu seiner Behinderung zu bekennen in der Überzeugung, dass sein Anderssein auch zu seiner Unverwechselbarkeit, zu seiner heranwachsenden Persönlichkeit gehört.

In dieser Zeit wurde mir immer wichtiger, mich gegen die gewöhnlichen Maßstäbe durchzusetzen, also gerade das, was mich vom Landläufigen unterschied.

Den hübschen, blonden Jungen mit dem strahlenden Blick seiner blauen Augen – wir hatten ihn mehrfach in unserer Klasse, und ich sollte schon dankbar sein, wenn einer von ihnen mir gönnerhaft auf die Schulter schlug: »Sieh zu, wie du durchkommst. Du kannst ja nichts dafür.« Nach welchen Maßstäben, fragte ich mich jetzt, wurde denn hier gemessen? Sportliche Fähigkeiten waren nicht nur unter uns Jungen, sondern auch für die meisten Lehrer und natürlich für die Führer der Hitlerjugend die Spitzenwerte. Wer beim Hochsprung die Latte nicht riss, wer beim Kleinkaliberschießen die meisten Ringe machte, dessen Ansehen litt kaum darunter, wenn er mit unregelmäßigen Verben nicht zurechtkam oder mit der Bruchrechnung Probleme hatte. An solchen Normen gemessen war mein Leben natürlich schwer beschädigt zu nennen.

Als wir in jenem Sommer in Jena ankamen, hatte ich solche Gedanken überhaupt nicht. Wir hatten die Absicht, die Woche ganz und gar nach unserm Kopf zu gestalten. Und mir half dabei die Tatsache, dass ich hier in einer ganz ungewöhnlichen Schule zu Gast war. Sicher waren in Eisenach die redlichen alten Studienräte im Gymnasium keine strammen Nationalsozialisten, die waren inzwischen alle an die Front einberufen. Aber der Direktor sorgte schon für den strengen Ton bei den Fahnenappellen, und die Disziplin der alten Lateinschulen herrschte wie eh und je im Klassenzimmer unserer Sexta. In dieser Jenaer Schule aber war alles anders. Da gab es keine Klassenzimmer sondern wechselnde Gemeinschaftsräume. Man saß nicht in Bankreihen sondern in verschiedenen Kreisen, und die Älteren lernten zusätzlich, indem sie den Jüngeren etwas erklärten oder als Rätselraten aufgaben. Es wurde viel erzählt, gesungen, gespielt, und mathematische Lösungen wurden mit Hilfe von Marktgeschichten gelöst. Ich hatte so etwas natürlich noch nie erlebt, und ein Hauch von Rebellion gegen das Herkömmliche lachte mir hier entgegen. Eine Woche lang schlenderten wir jetzt durch die Jenaer Straßen, Gassen und Gaststätten, fuhren zu zweit oder auch mit meiner Gastgeberin zum Naumburger Dom, in die Saalfelder Feengrotten oder auf die Rudelsburg, und ich guckte mir im Zeiss-Planetarium ungehemmt an, was ich mit meinen Augen eben mitbekam. Manchmal streifte ich auch allein mit romantischen Gefühlen durch die Saalelandschaft. »Durch enge Gässchen«, erzählt mein Bericht für Mutter Karin, »mit kleinen Villen und gemütlichen Fachwerkhäuschen gelangte ich zum Paradies. Über schöne Promenaden an der Saale entlang lief ich an den Fluss heran und sah in das Spiel der Wellen. Ein Paddelboot kam vorbei, darin eine junge Frau im weißen Kleid und dunkler Sonnenbrille. Trauerweiden hingen ihre grüne Last dem Wasserspiegel entgegen.« Und dann stehe ich auf der Saalebrücke mit dem goldenen Engel Michael, leuchtende Statue und Schutzengel der Stadt Jena. Sein goldenes Schwert spiegelte sich im Wasser des Flusses. Wenige Monate später würde all das dem schweren Bombenangriff zum Opfer gefallen sein, verbrannt, verschüttet, Opfer des Krieges.

Ich lese heute meinen Bericht von damals und bin selbst erstaunt über eine Tatsache: Wie wenig bewegten mich, bewegten uns die Ereignisse, die in diesen Tagen das Hitlerreich in seiner Existenz gefährdeten. Der Tag, an dem wir einen Weg auf die Leuchtenburg planten, war der 20. Juli 1944. Kein Wort in meinem Bericht von dem Ereignis, das am Abend des Tages als Sondermeldung über alle Sender ging. Von meinem

Frühstück am 21. Juli berichte ich in meinem Tagebuch, dass ich einen Blick in die Zeitung werfe, sie aber bald wieder hinlege und zur Lektüre eines Romans zurückkehre. Über meine Zeitungslektüre berichte ich wörtlich: »Ich konnte hier genau nachlesen, welchen Hass gegen die Feinde und welch heißer Dank gegen die Vorsehung das ganze deutsche Volk und angeblich auch mich ergriffen hat, als ich von dem Anschlag und der Errettung gehört habe. Sonst stand nicht viel da. Nur von der Abwehrschlacht in der Normandie. Nun ja. Ich hatte keine große Lust auf Zeitungslektüre.« Unglaublich, wie weit den Schüler damals die Sorge um Hitler und sein Drittes Reich bewegte. Und schmerzlich zu erfahren, welcher wagemutige Mensch mit dem Grafen Stauffenberg sein Leben für Deutschlands Zukunft hingab, ohne dass wir davon etwas ahnten. Erst zwei Tage später kommt mein Bericht noch einmal auf dies Ereignis zu sprechen. Erstaunlich übrigens, dass inzwischen in der Jenaplanschule das normale Leben offenbar einfach weitergegangen war, kein Hitlerjugend-Appell, kein Treueschwur wie sonst allerorten, die Schulleitung schirmte offenbar das Leben dieser besonderen Schule gegen solche Zumutungen ab. Am Abend sind wir, Walter und ich, mit zwei Lehrerinnen auf eine der Höhen um Jena gestiegen, um den Blick auf die abendliche Stadt zu genießen. Wir treffen dort oben zwei ältere Männer, die einen Scheinwerfer über der Stadt bei Luftalarm zu bedienen hatten. Mit ihnen teilen wir einen Imbiss, und sie lauschen dankbar, als wir zweistimmig Abendlieder singen. Und nun mein Bericht von damals: »Unterdessen sank die Sonne. Im Tal wurde es neblig. Von dort hörte man laute Stimmen, die ›Sieg Heil!‹ riefen. Das war die Treuekundgebung, die die NSDAP nach dem Attentat veranstaltet hatte. Dann hörte man die laute Stimme irgendeines Redners, worauf das Volk wieder mit sogenannten spontanen Ausrufen antwortete. Wir aber sangen noch ›Nun wollen wir singen das Abendlied und bitten, dass Gott uns behüt‹. Dann verabschiedeten wir uns und wanderten heim.«

»Und bitten, dass Gott uns behüt.« Solche Lieder haben wir in diesen Kriegsjahren zu mancher Zeit gesungen. Uns war schon klar, dass wir in einer Zeit wachsender Lebensgefahr lebten, am Sonntagmorgen zum Gottesdienst zu gehen, war darum unsern Gastgebern hier in Jena selbstverständlich. Der Gottesdienst fand freilich nicht in einer der schönen Kirchen Jenas statt, die standen den so genannten Deutschen Christen zur Verfügung, einer kirchlichen Richtung, die sich der nationalsozialistischen Denkweise nahe fühlten. Männer wie Martin Niemöller und Dietrich Bonhoeffer hatten dagegen die »Bekennende Kirche« ins Leben gerufen. Zu ihr gehörten unsere Jenaer Freunde. Im zweiten Stockwerk eines ehemaligen Gasthauses gab es einen Saal, zu dem wir uns also am Sonntagmorgen aufmachten und den wir überfüllt antrafen. Einige Besucher kannten wir bereits, denn am Vorabend waren wir schon mit einer kleinen Gruppe in dem Wintergarten einer Privatwohnung zusammengewesen. Sie nannten sich »der Kreis«, und es stellte sich heraus, dass es eine illegale Vereinigung war – die

Studentengemeinde. In meinem Bericht heißt es: »Das ist der Zusammenschluss einer kleinen Schar von Studentinnen und Studenten, wohl ein Ersatz für die in Jena verbotene Studentengemeinde. Jeden Morgen hält der Kreis Morgenandacht, so genannte Morgenwache. Er trifft sich öfters zum gemeinsamen Singen, Lesen und Wandern. Für heute war ›Maria Stuart‹ mit verteilten Rollen vorgesehen.«

Diesen Bericht lese ich heute mit besonderem Interesse. Denn hier geht es um eine Art Urkunde zur Kirchengeschichte. Eine Tradition christlicher Studentenarbeit reicht weit ins 19. Jahrhundert zurück. An seinem Ende wird der Christliche Studentenweltbund gegründet, und auch in Deutschland entfaltet er eine vielfältige Aktivität. Und das, bis er in Hitlerdeutschland verboten wird. Was in meinem Tagebuch berichtet wird, ist ein seltener Beleg dafür, dass diese Arbeit unter dem Decknamen »Kreis« illegal weiter geführt wird, scheinbar als Wander- und Literaturkreis. Nach Kriegsende übernimmt übrigens die katholische und die evangelische Kirche diese Arbeit als »Studentengemeinde«. 15 Jahre später, im Jahre 1959, begann ich in der DDR meine Arbeit als Jenaer Studentenpfarrer, welche ich bis 1966 fortführte. Danach habe ich drei Jahre lang die Arbeit dieser Gemeinden in der DDR von Berlin aus koordiniert. So ändern sich die Zeiten in Deutschland. Als ich 1952 in Jena Theologie studierte, wurden Kommilitonen der Medizin oder der Naturwissenschaften mit Exmatrikulation bedroht, wenn sie am Leben der Studentengemeinde teilnehmen. Nach einer Wende der SED-Politik wurde diese Entscheidung aber zurückgenommen. Ich habe dann in unserer wöchentlichen Zusammenkunft, die schlicht »Bibelstunde« hieß, regelmäßig 200 Zuhörer aller Fakultäten gehabt und mein Kollege in Dresden, wo die sehr große Technische Hochschule war, bis zu 400. Eine aktuelle Erklärung der Bibel erwies sich als überraschend zeitgemäß, und als ich dann von Berlin aus in den Gemeinden unterwegs war, fand ich eine ganze Studentengeneration, für die dies gemeinsame Leben, Diskutieren und Abendmahlfeiern zur Grundlage ihres künftigen Lebens wurde. Verklungene Zeiten – denn heute finden wir an unsern Universitäten junge Leute, die ein ganzes Studium lang in wechselnden Städten und Ländern unterwegs sind und Blicke auf unsere große, weite Welt einsammeln. Deren Leben sieht wieder ganz anders aus als das unsere damals.

Trotziger Aufstand

Von Jena kehrten wir nach Eisenach zurück, und Anfang September begann die Schule wieder. Eigentlich hatte ich mit dem 14. Lebensjahr die Übernahme in die Hitlerjugend erreicht. Inzwischen aber hatte ich keine Lust mehr zum Gehorsam und entschloss mich, dem Bannführer zu erklären, ich sei zu schwer sehgeschädigt, um am HJ-Dienst teilzunehmen. Ein alter Sanitätsrat, dem ich gelegentlich Grüße von meinem Berliner Professor auszurichten hatte, war bereit, ein Attest auszuschreiben. In der Klasse erzählte ich, der Bannführer hätte mir anerkennend gesagt, meine stramme Haltung sei aber tadellos. Ein bisschen imponieren wollte ich doch auch. Im Februar wurde ich allerdings noch einmal einbestellt. Alle Jungs meines Jahrgangs würden gemeinsam auf die Wartburg marschieren, da dürfte ich doch nicht fehlen, wurde mir gesagt. Im Hof der Wartburg wimmelte es von Jungen in braunen Hemden. Auf der obersten Stufe der Treppe zum Pallas stand der Bannführer. Der Fanfarenzug gab ein schmetterndes Signal. Dann wurde ein Lautsprecher eingeschaltet, der Bannführer ergriff das Wort. Die Qualität dieses Lautsprechers war aber so unzureichend, dass keiner von uns etwas verstand. Wir hörten eine ganze Weile bellende Geräusche und knackende Laute. Das war seine offizielle Rede. Dann hieß es: »Arm hoch!« Wir rissen alle unsere Arme hoch, und unser Unterführer erklärte uns, wir seien jetzt alle jugendgeweiht. Diese Jugendweihe war in den letzten Hitlerjahren als Konkurrenz zur evangelischen Konfirmation eingeführt worden. Das eine solle mit dem andern nicht vereinbar sein. Aber selbst wenn dieser Akt ganz am Ende des Dritten Reiches noch eine Bedeutung gehabt hätte, konfirmiert war ich damals schon. Unser Vater hatte meine Brüder und mich schon mit 13 Jahren konfirmiert, den Grund hat er uns erst nach Kriegsende gesagt. Er ging davon aus, dass er jeden Tag von der Gestapo hätte verhaftet werden können, und seine Söhne sollten ihn dann als den Pastor in Erinnerung behalten, der sie in die Gemeinde der Erwachsenen aufgenommen hat. Meine älteren Brüder hatten sich übrigens ein mannhaftes Paulus-Wort als

Konfirmationsspruch ausgesucht: »Wachet! Stehet im Glauben! Seid männlich und seid stark!« Sie rieten mir, diese Familientradition beizubehalten. Aber ich entschied mich anders: »Siehe, ich bin bei euch alle Tage«, war das Christuswort, das ich mir für mein künftiges Leben als passend mitnehmen wollte »bis an der Welt Ende«. Diese Entscheidung hat mich mein Leben lang begleitet.

Nach Jena war ich noch mit einem sehr guten Zeugnis gefahren. Deutsch, Latein und Geschichte waren meine Glanzfächer, und auch die andern außer dem verschmähten Fach Sport konnten sich sehen lassen. Das wurde im Herbst anders. Zu Weihnachten war ich fast überall eine Note abgestiegen. Walter und ich, wir hockten fast an jedem Nachmittag zusammen, spielten Schach, balgten ein bisschen, machten unsere Witze über Lehrer, Mitschüler und unsere Nachbarn. Zu ihnen gehörte Pfarrer Mitzenheim, der nach dem Krieg Thüringer Landesbischof wurde. Im Pfarrhaus am Pfarrberg waren die Wohnungen von Pfarrer Kühn und Pfarrer Mitzenheim, und wir hatten ein besonderes Vergnügen, zum Bodenfenster hinauszuklettern und uns auf dem schragen Ziegeldach auszustrecken, die Passanten zu erschrecken und Pfarrer Mitzenheim zu einer Drohpredigt anzuregen. Mir wird schwindlig, wenn ich heute nur daran denke. Auch in der Schule bemühten wir uns, alles lässig zu nehmen. Auch Walter war ein schwacher Sportler. Er war nicht behindert wie ich, aber er war eher schmächtig und blass, und Vater Kühn, der noch im Ersten Weltkrieg Reserveoffizier gewesen war, bedauerte es, dass sein Sohn hier so wenig Ehrgeiz zeigte. Zu zweit war solch ein Versagen etwas ganz anderes, als allein bloßgestellt zu sein. Man konnte achselzuckend daneben stehen und all die Verrenkungen betrachten. Immer am Dienstagnachmittag war im Hallenbad in der Sophienstraße Schwimmen, und während die andern Kopfsprünge und Fahrtenschwimmen übten, standen wir leicht fröstelnd im flachen Becken und erzählten uns die neuesten politischen Witze. Heute weiß ich, wie wichtig es uns damals war, dieser heroischen Welt der Sieger und Überlegenen unsere Welt des naiven Allzumenschlichen entgegenzusetzen.

Auf dem Dach zu liegen und im Schwimmbecken herumzustehen genügte uns aber auf die Dauer als Herausforderung unsrer Gesellschaft nicht. Eines Nachmittags nahm Walter mich zur Seite. »Du kennst doch die Carola im Lyzeum.« Das war die Oberschule für Mädchen. Wir planten, in ein, zwei Jahren eine gemeinsame private Tanzschule in die Wege zu leiten, und haben das dann auch gemacht. »Carola versteht was von Chemie. Jetzt muss die einen Hausaufsatz über Schillers Tell schreiben und weiß nicht, was. Wenn du ihr den Aufsatz schreibst, macht sie uns eine Stinkbombe, eine Glaskanüle. Die muss man nur zerbrechen, dann gibt das einen ekelhaften Geruch.« Natürlich gingen wir auf diesen Handel ein. An einem freundlichen Septembernachmittag schlenderten wir den Pfarrberg hinunter in die Hauptpost, ein würdiges Gebäude im altpreußischen Stil. In der Drehtür zur zentralen Schalterhalle ließ Walter die Kanüle aus Versehen fallen, und tatsächlich zog ein unangenehmer

Geruch in die Halle ein. Wir blickten uns empört um und amüsierten uns vor allem über eine Frau, die meinte, den Amerikanern könne man alles zutrauen und das könnte ein Gasangriff wie im Ersten Weltkrieg sein. Als wir aber zehn Minuten später noch einmal die Wirkung feststellen wollten, war eines der großen Fenster geöffnet worden. Einige schnauften ein wenig, aber im Ganzen war die Wirkung gering. Und als auch am nächsten Tag ein zweiter Versuch keine größere Wirkung erzielte, wussten wir, wir müssen uns etwas ausdenken, das von durchschlagender Wirkung ist. Das ist uns tatsächlich auch gelungen. Jahrzehnte später haben wir uns noch daran erinnert. Da betreute mein Freund in Stuttgart den internationalen Studentenaustausch, und ich war in Jena Ordentlicher Professor für Praktische Theologie. Wir haben uns auch damals an dieses gefährliche Abenteuer erinnert – mit etwas Spaß aber auch mit Schaudern. Das, so sagen wir uns heute, hätte auch sehr schief gehen können. Und wenn ich heute an der Eisenacher Hauptpost vorbei gehe, denke ich jedes Mal an unser Abenteuer. Die Idee kam von dem ungewöhnlichen Briefkasten, an dem wir mehrmals mit unserer chemischen Herausforderung vorbeigekommen waren. Normalerweise hat ein Briefkasten einen Schlitz weit genug für einen dicken Doppelbrief, aber natürlich nicht für ein mitteldickes Buch. Da gab es in Eisenach eine Besonderheit. In der Mitte der großen Schalterhalle gab es einen etwa kniehohen, sehr kompakten Kasten aus stark nachgedunkeltem Eichenholz mit einer so großen Öffnung, dass man ohne Mühe einen Zigarrenkasten hätte darin versenken können. Was, wenn wir in diesen Briefkasten ein offenes Tintenfass werfen würden, so dass alle eingeworfene Post in Tinte schwamm? Unsere unsinnige Idee hatte uns derart gepackt, dass zum Nachdenken keine Möglichkeit blieb. Damals bekam man in jedem Schreibwarengeschäft eine kleine Flasche mit Tinte, damit füllte man den Füllfederhalter nach oder tauchte, wenn man noch keinen hatte, seine Redisfeder ein. Fast wäre dieses Unterfangen an unserer Vernunft gescheitert, wenn es nicht außer diesem zentralen Briefkasten noch einen zweiten gegeben hätte mit der Aufschrift »Feldpost«. Dass der Brief einer Mutter oder einer Verlobten den Mann an der Front unseretwegen nicht erreicht hätte, war auch für uns undenkbar. Deren Briefe waren jedoch durch diese Aufschrift geschützt. Aber dass die Einberufungen oder all die Propagandaschriften ihren Adressaten nicht erreichen würden, das erfüllte uns mit Genugtuung. Unser offenes Tintenfass steckten wir noch in einen Briefumschlag, über dessen Adressaten wir lange beratschlagten. Ich überzeugte meinen Freund schließlich davon, dass Herr Bosser solch einen Brief verdient hatte. In der Mittagszeit, in der es etwas stiller im Postamt ist, gingen wir dorthin. Walter blickte sich sorgfältig um, ob keiner uns beobachtete, ich warf den Brief so lässig wie möglich ein. Dann verließen wir ohne Hast das Gebäude. Denen haben wir es gegeben, dachten wir. Erst zwei Stunden später gingen wir wie gemütliche Spaziergänger durch das Postamt. Von Aufregung war nichts zu spüren. Aber von dem klobigen Briefkasten führte eine ziemlich breite schwarze Tintenspur vom zentralen Briefkasten quer durch die Schalterhalle zu einer sonst nicht beachteten kleinen Tür. Was, dachten wir, spielt sich dort jetzt ab? Ich kann mich nicht erinnern, ob uns nach diesem Tag doch etwas ungemütlich zu Mute war.

Aus allen Wolken jedenfalls fiel ich, als mich ein Anruf von Walter erreichte: »Hast du schon die Thüringer Gauzeitung gelesen? Nein? Na, dann lies mal!« Ich holte eilig die Zeitung aus dem Briefkasten und las auf der ersten Seite: »Feiger Sabotageakt gegen unser Reich.« Weiter wurde berichtet, dass staatsfeindliche Elemente in der Hauptpost einen unverzeihlichen Anschlag verübt, die Sicherheitsbehörden aber bereits die Suche aufgenommen hätten und dass jeder, der etwas Verdächtiges beobachtet habe, sich an folgende Adresse wenden sollte. Mit schwankenden Knien ging ich in die Schule, wo schon in der ersten Stunde unser Klassenlehrer Anweisungen gab, was zu tun sei, wenn jemand etwas wüsste. Auch an unserem Mittagstisch war sofort die Rede davon. »Wer macht denn so etwas«, sagte unser Vater kopfschüttelnd. Einer meiner Brüder meinte, das könne doch auch ein abenteuerlustiger Jugendlicher gewesen sein. Das könne er sich kaum vorstellen, sagte unser Vater. Der muss sich doch sagen: Wenn das rauskommt, werden die Eltern haftbar gemacht. Der Junge wandert in die Erziehungsanstalt, und der Vater kommt vor Gericht. Später hockten wir beide tief eingeschüchtert zusammen. Er habe gehört, sagte Walter, es gebe schon eine Spur. »Wir sind doch verrückt«, sagte er, »dass wir auch noch einen Adressaten angegeben haben. Bosser ist doch eine Spur, der sie nachgehen können!« Und ich dachte mit klopfendem Herzen: Wenn herauskommt. dass es zwei Pfarrerssöhne sind, wo der Staat so hinter der Kirche her ist. Wen ziehen wir alles da mit hinein! Bei jedem Auto, das vorbeifuhr, schreckten wir auf. Schließlich fragte ich mich: Drehst du denn schon durch? Denn vor unserm Fenster fuhren zwei Wagen langsamer und schienen zu halten. Und dann klopfte es an der Tür. »Aufmachen! Aufmachen!«, rief eine Stimme. Aber es war die von meinem Bruder, der mich schüttelte rief: »Aufwachen, Mensch!«, sagte er, »du hast ja einen verrückten Schlaf.«

Die wahre Geschichte ging nur zu der Tintenspur vom Briefkasten zur kleinen Tür. Bis dahin ist tatsächlich alles passiert. Der Rest aber wäre durchaus eine mögliche Geschichte gewesen. Wir haben noch einmal Glück gehabt. Im vierten Schuljahr sah alles etwas anders aus. Die Fragen wurden theoretischer, die Aufgaben schwieriger, das Pensum umfangreicher.

Die gekippte Welt

Eines Tages aber geriet unser Weltbild ein wenig aus den Fugen, denn unsere neue Klassenlehrerin sagte, ab morgen wird es bei uns Religionsunterricht geben, und wer von uns einen Band Grimms Märchen besitze, solle ihn von nun an jeden Mittwoch zu diesem Unterricht mitbringen. Was sollte das heißen, fragten wir uns. Sollten wir uns etwa von jetzt an im Unterricht mit Rotkäppchen und Frau Holle beschäftigen? – Ja, das sollten wir. Und das bedeutete natürlich: Beschäftigen mit allen deutschen Märchen und Sagen. Bald hieß das auch, uns über Wodan und Donar Gedanken machen, ja über alle Götter unserer germanischen Urväter. Wir haben damals nicht geahnt, dass sich damit ein ganz neues und grundsätzliches Problemfeld vor uns geöffnet hatte, als eine andere Weltreligion uns prägen sollte. Bis jetzt gab es ja in Deutschland ganz selbstverständlich so etwas wie eine christliche Allgemeinbildung. Die wurde bis jetzt bei allen Deutschen vorausgesetzt, wie das Einmaleins. Sollte es diese Selbstverständlichkeit in Zukunft also nicht mehr geben? Wie sah es damals zum Beispiel mit dem Christfest, dem volkstümlichsten deutschen Fest aus? Natürlich setzte sich diese fremde Religion in der deutschen Bevölkerung nicht durch, obwohl neue Weihnachtslieder verfasst wurden, »Hohe Nacht der klaren Sterne«, und alte germanische Bräuche unsere Schulfeiern noch eine Weile prägten. Aber die Feier dieses Festes, die in Europa ein Jahrtausend lang christlich begründet wurde, fiel jetzt mehr und mehr einer beliebigen Deutung zum Opfer.

Zwar wurde Weihnachten in Deutschland weiter gefeiert, aber seine traditionelle Begründung geriet mehr und mehr in Vergessenheit. Heute zeigen Umfragen, dass nur noch eine kleine Minderheit eine Antwort auf die Frage weiß, warum wir Weihnachten feiern. Das gilt vor allem für die Kinder. »Damit ich Geschenke kriege.« – »Weil die Oma kommt.« – »Weil es immer so war.«

Fast alle in unserm Land wollen Weihnachten feiern, aber wer weiß noch, warum? Unsere Väter, hat mir neulich jemand gesagt, brauchten noch Gründe um Feste zu feiern, unsre Kinder brauchen sie nicht mehr. Zunächst fragte sich natürlich die Kirche: Was bedeutet solch eine Entscheidung für uns und für unsere Arbeit?

Als wir beim Mittagessen unserem Vater von diesem neuen Fach erzählten, sagte er gleich: »Na, da könnt ihr ja froh, sein, dass es den Kindergottesdienst, die Jungschar und den Konfirmandenunterricht gibt. Da erfahrt ihr und eure Klassenkameraden immerhin etwas von dem, was die Schule euch in Zukunft verschweigt.« Ihm als aktivem Gemeindepfarrer ging es dabei allerdings vor allem darum, Menschen für den christlichen Glauben zu gewinnen oder darauf zu sehen, dass er treu beim Alten bliebe. Aber schon damals gab es immer häufiger Menschen, die sich für die Bibel nicht aus Überzeugung interessierten, sondern aus Gründen der Kulturgeschichte. Einer unsrer Deutsch- und Zeichenlehrer sagte: »Wie sollte zum Beispiel jemand eine Matthäuspassion hören und ihren Inhalt wirklich verstehen, der nichts vom Kreuzestod dieses Jesus weiß? Oder wer sollte in einer Gemäldegalerie die Bilder von Dürer oder Rembrandt deuten können, der nie die Geschichte vom Verlorenen Sohn oder von der Geburt Christi gehört hat?«

Freilich gab es schon in unserer Schule kräftigen Protest gegen solche Argumente. Das seien Heuchler, denen die völkische Gesinnung fehlt und die ihre internationalistische Überzeugung hinter solchen Reden verstecken. Sollten etwa die Pfaffen ein Deutungvorrecht besitzen? War Albrecht Dürer, der große Nürnberger Meister, nicht urdeutsch? Sahen seine Gestalten etwa wie Juden aus? Nein, den großen Meister in Nürnberg, den lassen wir uns nicht nehmen! Da brauchen wir nicht diese alten Judengeschichten. Später in der DDR gab es eine Zeitlang die Überlegung, ob nicht etwas eingeführt werden sollte, das man Mythenkunde nennen wollte: Dort sollten biblische Begriffe und überhaupt religiöse Vorstellungen erklärt werden. Die »Klassiker« Marx und Engels, hieß es, sprachen zum Beispiel vom »Golgatha-Weg der Arbeiterklasse« – wer sollte das verstehen, wenn er nicht wusste, was es mit »Golgatha« auf sich hat. Aber dann hatte man Sorge, damit könnten gleichzeitig »religiöse Vorstellungen« verbreitet werden, da ließ man den Gedanken wieder fallen.

Heute wissen wir: Mit dieser ersten Religionsstunde anhand von Grimms Märchen hat eine tiefgreifende neue Entwicklung begonnen: Dabei ging es nicht mehr darum, die leitende Religion unserer Gesellschaft gegen eine andere auszutauschen, sondern es ging um den Abbau von einer gemeinsamen Religion überhaupt.

Inzwischen hat die Medienlandschaft ganz neue Prioritäten geschaffen. Da steht nicht mehr die Information an der Spitze, sondern ihre Aufmachung, nicht der Inhalt, sondern die Einschaltquote. Dadurch wird unser Leben interessant und abwechslungsreich. Aber die bleibenden Wahrheiten treten zurück. Nicht, was ist für uns richtig und wichtig, heißt da die Frage, sondern was ist interessant und fesselnd. Gewinner ist, wer die meisten Zuhörer gewinnt, die spannendsten Berichte gibt, im Sport, in der Show, in der Popularität den Spitzenreiter macht.

Ich habe zufällig eine hübsche 17-Jährige in einem Quiz im TV-Vorabendprogramm gesehen. Auf die Frage: »Wie viele Jünger hatte Jesus: vier oder acht oder zwölf?« sagte sie verlegen: »Ja, da muss ich raten«, und ihre gleichaltrigen Anhänger im Hintergrund jubelten, als sie nach einigem Zögern richtig geraten hatte: Zwölf.

Solch eine Wissenslücke wäre in meinen Kindertagen schlichtweg undenkbar gewesen. Umso tiefer bewegt mich eine Erinnerung: Ich war damals als Gast bei der russisch-orthodoxen Kirche mit einigen Kenntnissen Schulrussisch und habe mich in der – damals noch Leningrader – Eremitage umgesehen. Da kam eine russische Lehrerin mit ihrer Klasse zehn- und elfjähriger Mädchen und Jungen in ihren kräftigen Winterstiefeln. Sie blieben vor einem Rembrandt-Bild stehen, und die Lehrerin erzählte den Kindern die Geschichte vom verlorenen Sohn. Was im Klassenzimmer einer ausdrücklich atheistischen Schule streng untersagt war, wurde hier im Haus ihrer wunderbaren Landeskultur von ihr gewagt. Unvergesslich für mich, wie diese Kinder mit leuchtenden Augen andächtig lauschten. Was hier zu sehen und zu hören war, das war nicht ein günstiger Augenblick, das war die zeitlose Wahrheit des Evangeliums.

Das brennende Schiff

Solch ein Bild vom verlorenen Sohn hing lange Zeit auch über dem Schreibtisch meines ältesten Bruders Eberhard. »Das ist auch meine Geschichte«, sagte er, als er 1946 aus der Kriegsgefangenschaft zurückgekehrt war und mit mir das Zimmer teilte. Er war unter uns Brüdern der, der sich in der Schulzeit am meisten für das Militärische interessierte. Er freute sich auf die Bewährung im Verteidigungseinsatz und ging 1944 freiwillig zur Kriegsmarine.

Ich kam natürlich für so etwas gar nicht in Frage – militärisch untauglich. Nur einmal wurde das für kurze Zeit übersehen. Im Jahr 1944, als Hitlers Armeen schon stark gelichtet waren, lief der Befehl der Eisenacher Waffen-SS durch alle Schulen, alle Jungen der zehnten Klasse sollten sich an einem Vormittag auf dem Hof der Abbe-Schule melden. Das betraf auch mich. Wir drängten uns also an einem kalten Februarmorgen frierend in Jungvolkuniform mit kurzen Hosen auf dem weiten Hof, bis ein schneidiger SS-Offizier an einen Lautsprecher trat und uns aufforderte, wir sollten uns freiwillig zum Dienst in der Waffen-SS melden. Da würde jetzt jeder gebraucht. Mir ist von der Rede allerdings nur im Gedächtnis geblieben, dass ich den Besitz eines Zigarrenladens zu erwarten habe, und das war für mich ein gemütlicher Gedanke. Wahrscheinlich hatte uns der Redner gesagt, wenn wir uns für 25 Jahre verpflichten, bekommen wir beim Abschied einen Entlassungssold in einer Höhe, die für einen kleinen Laden ausreicht. Und nun würde der schneidige Offizier herumgehen und sich seine Leute heraussuchen. Ich hatte damals noch ziemlich blonde Haare, das war dem SS-Mann offenbar positiv aufgefallen. Jedenfalls blieb er vor mir stehen und stieß etwas Kurzes aus, das wie »Brilijack!« klang. Und als ich ihn ratlos anstarrte, sagte der Junge neben mir: »Der meint: Brille ab!« Jetzt wurde ich scharf angesehen und zum Stellplatz der Auserwählten geschickt. Dort freilich wurde man zuerst zum Tisch des Militärarztes kommandiert, und der schickte mich natürlich gleich nach Hause. Dort habe ich erzählt, dass die Waffen-SS immerhin ein Interesse an mir gehabt habe.

Bei Rüdiger, meinem zweiten Bruder, sah die Sache schon anders aus. Er war zwar gern in der Hitlerjugend, aber nur, weil es eine MHJ, eine Marine-HJ gab. Regelmäßig fuhr er mit dem Rad ein paar Kilometer bis zur Werra, wo sie das Boot ins Wasser setzten und bis in den tiefen Abend ruderten und abenteuerlich navigierten. Ein Höhepunkt war für ihn, dass er zu einem Lehrgang nach Bornholm geschickt wurde, und eine tiefe Enttäuschung, als er vorzeitig zurückkehrte: ein Brillenträger wurde nicht zugelassen. Rüdiger also wurde jetzt mit seinem ganzen Jahrgang zum Appell der Waffen-SS befohlen, und dort wurden alle gleich gefragt, zu welcher Waffengattung der Waffen-SS die Jungen sich freiwillig melden wollten. Besonders die Infanterie sei zu empfehlen, sagte der SS-Mann, »eine Truppe für wagemutige Kameraden«. Über MG-Abteilungen und ihre Feuerkraft wurden die Jungen informiert, und für die Krad-Abteilungen, Männer auf Motorrädern, wurde geworben. Den Jungen fiel es schwer, sich für das Beste zu entscheiden. Oder sollte man zu einer Panzerabteilung gehen? Nur Rüdiger fiel völlig aus dem Rahmen. Als er gefragt wurde: »Und zu welcher Waffengattung willst du dich freiwillig melden?«, sagte er sachlich: »Zu gar keiner. Ich will mich überhaupt nicht freiwillig melden.« Diese Antwort war so unerwartet, dass die ganze Kommission sprachlos war und diesen Sonderling schließlich nach Hause schickte. Dort wurde sein Mut bewundert. Aber er sagte nur harmlos: »Das ist doch wahr. Ich wollte mich doch gar nicht freiwillig melden.«

Wie gesagt, Eberhard war für die Hitlerjugend und das, was man die vormilitärische Ausbildung nannte, eher zu gewinnen. In den Thüringer Wald ins Zeltlager zu fahren, da war er dabei. Ich erinnere mich, dass unsere Mutter uns oft am Abend vorlas, und weil ich aus der Schule ein kleines Leseheft mitgebracht hatte, war sie bereit, auch mal daraus etwas vorzulesen. Dort wurde von Jens berichtet, der Lehrling in der Autowerkstatt war und vom Meister erfuhr, dass er am Sonnabend nicht frei bekommen konnte, weil vor den Feiertagen zu viele Autos noch zu waschen waren. Und er hatte sich doch so darauf gefreut, ins Lager zu fahren. Aber siehe da, alle seine prächtigen Kameraden setzten am Morgen zwei Stunden daran, mit ihm die Autos zu waschen; zwei Stunden später fuhren sie also gemeinsam ins HJ-Lager ab: höchstes Wochenendglück, nahm der Autor an, für jeden normalen Jungen. Aber so sehr mir diese gegenseitige Hilfe gefiel, die Vorstellung, ich müsste jetzt ins Lager fahren, schreckte mich nur.

Eberhard also ging es anders. Am Sonntagabend erzählte er uns die täglichen und nächtlichen Abenteuer der Lagergruppe, ihre Streiche, ihre Wehrübungen.

Einmal allerdings kam er verärgert zurück, wollte nichts erzählen, rückte schließlich mit seinem Ärger heraus. Der Lagerleiter, wenig älter als die Teilnehmer, hatte sich belustigt, dass einer bei der Mahlzeit die Wurstscheiben auf ein schmales Stück Brot gehäuft und dazu den alten Witz zitiert hatte: »In der allergrößten Not schmeckt die Wurst auch ohne Brot.« Da wollte der Lagerleiter ihn durch den Vers noch übertreffen: »Und wenn die Not noch höher steigt, man auf die Wurst noch Butter streicht.« Alles lachte. Eberhard aber wandte ein, damit werde doch die Pointe gerade verschüttet; Wurst ohne Brot klingt wie ein Notfall und ist doch zugleich ein Luxus. Nur noch Wurst zu haben, mit dieser aber ohne Brot auskommen zu müssen, ist das nicht Not und Luxus zugleich? Also sein eigenes Gegenteil in einem?

Der Leiter war deutlich gekränkt. »Das sind solche Spitzfindigkeiten«, sagte er ärgerlich. Alle andern gaben dem Lagerleiter Recht. Eberhard kämpfte vergeblich mit der ganzen Gruppe um die feine Pointe. Niemand sah ein, wie grob sie alle an der eleganten Pointe vorbei dachten.

Schließlich unterbrach ihn der Leiter barsch: »Schluss jetzt.« Er sei schließlich auch auf dem Gymnasium und verstehe etwas von Logik und Pointen. Eberhard wolle sich da nur aufblasen. Verdrossen fuhr man am Abend nach Hause. Nein, sagte er jetzt zu uns, nein, so ganz sein Niveau ist diese Gesellschaft dann doch nicht. Der Hitlerjugend verschworen war er sicher nicht. Es gab im Gegenteil eine andere Seite, von der sie im Zeltlager nichts ahnten. Unser Vater hatte bis in die 40er Jahre noch geheime Kontakte zu seinen sozialdemokratischen Genossen, und der Nachrichtenträger war sein ältester Sohn. Der zog seine HJ-Uniform an, und wenn er den BMW-Werkmeister an dessen Wohnungstür mit »Heil Hitler!« begrüßte, war alles ganz unverdächtig. Hinzu kam, dass er sich von klein auf zur Kirchgemeinde zugehörig fühlte. Er war inzwischen einer der Helfer im Kindergottesdienst: die erzählten in kleinen Gruppen die biblische Geschichte, über die dann unser Vater eine Kinderpredigt hielt. Da konnte es passieren, dass er am Sonntagmorgen in seiner Abteilung der Marine-HJ antrat, um die Rede des NSDAP-Kreisleiters anzuhören, und dass er halb zwölf vor Appellschluss zu seiner Gottesdienstgruppe aufbrach, ja, dass er dabei dem Kreisleiter in den Weg lief. »Was hast du denn für Igel zu kämmen?«, fragte der und erfuhr: er geht zur Kinderkirche. »Ach so, Hertzsch – Pfarrerssohn. Na, dann hau ab!«

Anfang 1944 meldete sich seine ganze Klasse, allesamt knapp 17-jährig, außer einem freiwillig zum Kriegsdienst, zur Front, zum Ernstfall. Das begann mit dem RAD, Reichsarbeitsdienst, dies bedeutete Monate Landwirtschaft im Sand von Pommern. Und dann kam ein erster Brief aus Kiel von einem Schnellboot der Kriegsmarine. »Habe hier angeheuert«, schrieb er launig. Und von nun an war ein Bangen in unserm Haus und die tägliche Ausschau vom Dachfenster nach dem ersehnten Feldpostbrief.

Als der Krieg ausbrach – »Ab fünf Uhr wird zurück geschossen« –, ging ich auf meinen neunten Geburtstag zu. Wenn in der Nacht ein Zug Signal gab, dachte ich: Jetzt fahren die Kanonen und ihre Mannschaften Richtung Osten. So also hört sich Krieg an. Bald überstürzten sich die Nachrichten. Nach kaum drei Wochen war Polen besetzt und der erste Blitzkrieg gewonnen. Danzig und der polnische Korridor kehrten heim ins Reich, Ostpolen wurde von der Sowjetarmee im Rahmen des Hitlerpaktes besetzt, die Landkarten wurden schnell verändert. In vielen Wohnungen wurde an einer Zimmertür eine Landkarte mit Reißzwecken befestigt; mit einer Reihe von Stecknadeln schob sich die aktuelle Front nach Osten durch Polen, nach Westen durch Frankreich. Vor jedem Ufa- oder Tobis-Film mit Zarah Leander oder Heinz Rühmann wurde »Die deutsche Wochenschau« gezeigt. Da sahen wir deutsche Soldaten mit Stahlhelm und Tornister europäische Länder in Besitz nehmen. »Unsere Männer«, sagte der Sprecher im Hintergrund. Es war nicht zu übersehen, dass ein erheblicher Teil der Bevölkerung zwischen den Parteigrößen und der deutschen Armee unterschied. Wirklich antifaschistisch war nur der Teil der Bevölkerung, der in der Illegalität agierte und dessen Umfang natürlich niemand kannte. Aber dass die Sympathie für die Truppen und die Generalität weit höher war als für die Parteileute, das war nicht zu übersehen. Über die Parteiführer wusste fast jeder Witze zu erzählen. Dabei waren diese Witze in der Regel wenig geistvoll und hatten Adolf Hitler weniger zur Zielscheibe als Hermann Göring, dessen unübersehbare Leibesfülle der

Anlass war, und Josef Goebbels, der als redegewandter, ja geradezu unschlagbar bewunderter Lügner vorgeführt wurde. Die geistvollen politischen Witze waren eher selten. Ich erinnere mich an einen, den Vater Erich im Freundeskreis erzählte. Es ging um die Schöpfung des Urgermanen durch drei Feen, jede gibt ihm etwas mit. Die eine: Er ist ehrlich. Die zweite: Er ist klug. Die dritte: Er ist Nationalsozialist. Und dann kommt die vierte Fee zu spät. Die drei Wünsche sind alle vergeben, Aber eins wird ihr immerhin zugestanden: Sie kann von den drei Eigenschaften eine streichen. So ist der Urgermane Nationalsozialist und klug, dann aber nicht ehrlich. Er ist Nationalsozialist und ehrlich, dann aber nicht klug. Oder er ist klug und ehrlich, dann aber nicht – na eben. Die Armee besaß ein viel größeres Ansehen. Männern wie Stauffenberg oder Rommel wurden viel eher die Siege zugeschrieben, und hier wurden die Kriegführenden zunächst durchaus im alten Stil bewundert. Das ging so weit, dass unsere Mutter, als Frankreich kapitulierte, spontan sagte: »Heute hänge ich selber mal die Hitlerfahne raus.« Wir hatten im Pfarrhaus eine alte Fahne, lila Kreuz auf weißem Grunde, eine Kirchenfahne, sagte mein Vater, ungeprüft, ob sie überhaupt zugelassen war. Die wurde von ihm gehisst, wenn Beflaggung angeordnet war. Dass unsere Mutter plötzlich die Hakenkreuzfahne heraushängte, die bei uns auch auf dem Oberboden herumlag, vom Blockwart uns ins Haus geliefert, das hing sicher mit ihrer Kindheit zusammen, als sie ein 15-jähriges preußisches Schulmädchen war und Frankreichs Sieg und Deutschlands Niederlage erlebt hatte.

Und jetzt erlebte sie also das Gegenteil. Für solch eine Revanche konnten sich 1940 auch kluge Frauen begeistern.

Ehe die deutschen Truppen vor El Alamein in Nordafrika zurückgeschlagen wurden und dann vor allem in Stalingrad in die Katastrophe liefen, hatten wir uns daran gewöhnt, dass in Europa und in Afrika »unsere Truppen«, wie wir sagten, in allen Himmelsrichtungen die Landkarte neu gestalteten. Von Norwegen bis nach Kreta, von der Atlantikküste bis ins Baltikum war alles mehr oder weniger in deutscher Hand, und wir hatten keineswegs die Vorstellung, das sind alles besiegte Feinde, sondern all diese Länder wurden uns nach ihrer Unterwerfung auch als neue Spießgesellen vorgestellt: Hatte nicht der Führer dem greisen französischen Marschall Petain die Hand geschüttelt wie einem neuen Bundesgenossen? Stand nicht Norwegen, nachdem die Briten vertrieben waren, jetzt unter dem nordrassischen Regierungschef Quisling an Deutschlands Seite zusammen mit dem weltbekannten Nobelpreisträger Knut Hamsun? Da gab es sogar, als Deutschland später mit der Sowjetunion im Kriegszustand war, eine russische SS-Einheit in Hitlers Armee. Das waren russische Gegner des Kommunismus. Und neben unsern »Waffenbrüdern« in Mussolinis Italien und unsern Freunden in Francos Spanien gab es allerhand neu eingesetzte Potentaten, die verschiedene kleine Staaten in Hitlers Sinne regierten. Dass es vor allem im östlichen Europa im Hinterland der Front in den Wäldern und Gebirgen auch Partisanen gab, konnte freilich nicht ganz verschwiegen werden, sie wurden als »Heckenschützen« bezeichnet und die für Deutsche ganz ungewohnten russischen Soldatinnen als »Flintenweiber«.

Auf unseren Straßen begegneten wir übrigens auch Soldaten feindlicher Armeen. Gefangene. Vor allem russische Soldaten schlurften müde in einem streng bewachten Zug die abendliche Straße entlang, von der harten Arbeit völlig erschöpft. Wir sahen, wie einer nach dem andern mit den schweren Säcken die Treppe hoch schwankte. »Ich weiß, das ist streng verboten«, sagte meine Mutter, »aber ich habe doch einem von ihnen heimlich ein Stück Brot zugesteckt. Und wie der ganz schnell zugriff und plötzlich seine Augen ganz kurz und wach aufgeleuchtet haben, das vergesse ich nicht.« Neben den Gefangenen gab es ausländische Arbeiter, die aus ihren besetzten Ländern zwangsverpflichtet waren. Sie mussten in der Industrie und in der Landwirtschaft die Arbeit der eingezogenen deutschen Männer übernehmen. An der Jacke trugen sie ein aufgenähtes kleines Schild, das mit einem »P« oder einem »F« zeigte, ob sie ein polnischer oder ein französischer »Fremdarbeiter« waren. Immer wieder einmal gab es eine »Sensation« in einer deutschen Stadt. Da hatte eine deutsche Frau sich mit solch einem Franzosen, wie es hieß, »eingelassen«. Sie wurde wie im Mittelalter mit kahl geschorenem Kopf an den Schandpfahl gefesselt zur Schau gestellt.

Ganz anders sah die Welt für uns aus, wenn von unserer Armee die Rede war. »Ihr könnt stolz sein auf diese Armee und auf euer Vaterland«, sagte man uns, und irgendwie waren wir das auch. Ich erinnere mich noch an ein Sportfest im Eisenacher Stadion, das durch eine

Lautsprecheransage unterbrochen wurde. »Tobruk ist gefallen«, sagte eine jubelnde Stimme, und wir alle brüllten aus vollen Kehlen. Welch ein Sieg unseres Afrikakorps! Das laufende Rundfunkprogramm wurde immer wieder einmal durch einen symphonischen Stoß, einst komponiert von Franz List, unterbrochen: eine »Sondermeldung«, die die Eroberung einer Stadt, die Versenkung eines Schlachtschiffs, den Abschuss vieler feindlicher Flugzeuge bekanntgab. Alles hatte einen pathetischen Charakter. Joseph Goebbels, Minister für Propaganda und »Volksaufklärung«, verstand sein Handwerk. Es gab in seinem Dienst einen Verseschmied namens Heinrich Annacker, der für die unterschiedlichen Feldzüge Gesänge schuf, wie das Frankreich-, das Afrika-, das Russlandlied und wie sie alle hießen.

Über die Maas, über Schelde und Rhein marschieren wir siegreich nach Frankreich hinein. – Es rasseln die Ketten. Es dröhnt der Motor. Panzer rollen in Afrika vor. – Nun hebt sich die Sonne im Osten und ruft die Millionen zur Schlacht. – Von Finnland bis zum Schwarzen Meer vorwärts, vorwärts nach Osten, du stürmend Heer! – Freiheit das Ziel, Sieg das Panier. Führer befiehl! Wir folgen dir!

Neben ihm gab es einen Mann aus großbürgerlichen Kreisen. Seine Mutter war Amerikanerin, sein Vater Intendant des Weimarer Nationaltheater: Baldur von Schierach. Jahrelang Reichsjugendführer, wenn auch wenig jugendlich in Kleidung und Auftreten, später Gauleiter in Wien und schließlich vor dem Nürnberger Gerichtshof angeklagt. Seine Verse waren nicht so dröhnend wie Annackers, dafür aber mit einem Anspruch, der Adolf Hitler in eine geradezu transzendente Dimension rückte und an Goethes Urworte erinnerte.

Das ist an ihm das Größte, dass er nicht
nur unser Führer ist und vieler Held,
sondern er selber grade, echt und schlicht,
dass in ihm ruhn die Wurzeln unsrer Welt
und seine Seele an die Sterne strich
und er doch Mensch blieb so wie du und ich.

Ich habe die Erinnerung – und das hat heute etwas Tragisches, ja etwas Rührendes für mich –, dass ich damals dachte, hier hast du vielleicht eine Chance. Wenn mir schon die heroischen Taten unmöglich sind, dann sind mir vielleicht die heroischen Worte gegeben. Ich hatte ziemlich früh angefangen, Kinderverse zu lesen und dann auch zu schreiben. »Dort wo die Welt zu Ende geht, wo alle Berge im Boden versinken und alle Wälder im Wasser ertrinken«, war ein überraschend romantisch dunkler Text, den ich meiner Mutter schrieb:

Da steht ein altes, dunkles Haus.
Da sieht ein grauer Mann heraus.
Das ist der oberste Wassermann.
Der sieht sich alle Fische an.
Der macht dem Fluss sein Bett zurecht.
Die Meere sind sein Stiefelknecht.

Oder simpler:

Hallo, Ziege, wiehert das Pferd.
Morgen ist großes Vogelkonzert.
Eintrittskarten sind zu haben
bei den Schwalben und den Raben.

Jetzt aber sang ich Annacker und las ich Baldur von Schierach und glaubte, wenn ich sie mir zum Vorbild nähme, könnte ich ebenso Großartiges in die Welt setzen und bräuchte mich auch vor zackigen Jungvolkführern und hämischen Lehrern nicht mehr zu verstecken.

Ich war inzwischen ein Jahr älter geworden und jetzt Schüler des Gymnasiums. Eine Tafel links vom Eingang des Hauses sagte, hier ist Martin Luther Schüler gewesen, und eine Tafel rechts, zwei Jahrhunderte später Johann Sebastian Bach. Das heutige Gebäude war noch das alte Dominikanerkloster mit seinem Kreuzgang und dem umfriedeten Innenhof. In diesem ehrwürdigen Kreuzgang hingen jetzt freilich große Plakate, auf denen die Rangabzeichen von Heer, von Marine und Luftwaffe gezeigt wurden, und wechselnde Parolen zum Auswendiglernen aufforderten. Eine dritte, etwas kleinere Tafel, teilte damals mit, dass in unserm Jahrhundert ein gewisser Walter Flex hier auch Schüler gewesen ist. Der war im Ersten Weltkrieg auf der Insel Ösel gefallen und als Dichter durch sein Buch »Der Wanderer zwischen beiden Welten« sehr bekannt geworden. Seine Überzeugung war, dass der Krieg das große

Gemeinschaftserlebnis der damals jungen Generation gewesen ist. Viele lasen und feierten damals dieses Buch.

Könnte ich nicht, fragte ich mich jetzt, Ähnliches schaffen? Ich könnte doch in einer ganz anderen Zeit gleichsam der Walter Flex des Zweiten Weltkriegs werden, wenn auch natürlich ganz frontuntüchtig, aber mit umso überzeugenderen Worten. Ich schrieb also mein erstes Gedicht in dieser Richtung und gab es unserem Deutschlehrer. Es könnte doch in ihm die Hoffnung wecken, in mir eine literarische Begabung entdeckt zu haben und entsprechend zu fördern. Mein erstes Gedicht in dieser Richtung war dem Führer gewidmet. Ich frage mich heute, was mein Lehrer sich gedacht hat, als er erfuhr, welch merkwürdigen Überzeugungen ich meine literarischen Bemühungen widmen wollte. Denn mein Gedicht begann mit der Behauptung: »Als Adolf Hitler bestieg den Thron, da hörte auf die Inflation.« Etwas später wurde berichtet: »Da traf England ein schwerer Schlag, Chamberlain auf dem Totenbett lag.« Ich war der Überzeugung, wenn der Premierminister, also der Führer in London, stirbt, dann ist das britische Empire an seinem Ende. Im Grunde verstand ich gar nicht, wieso die englische Nation nahezu ungestört unter einem Churchill weiter existierte, wo doch sein Führer gestorben war. Wie immer man sich das erklären konnte, klar war, dass in den folgenden Versen die Siege der deutschen Armee gefeiert wurden. Abschließend hieß es angesichts des Stalingrad-Winters:

Dort halten wir ein wenig an.
Dann heißt es wieder: Drauf und dran.
Dem Führer aber alleweil
ein dreifaches Sieg Heil!

Der kluge Deutschlehrer empfahl mir, mein Hitlergedicht erst einmal in sauberer Schönschrift aufzuschreiben, und als ich damit endlich fertig war, sah die Front schon so anders aus, dass mein Gedicht mit seiner Siegesgewissheit schnell in Vergessenheit geriet. Anfang des neuen Jahres kapitulierte die Armee Paulus im Kessel von Stalingrad. Eine Art Staatstrauer wurde in einer Rede von Reichsmarschall Göring angeordnet, und viele Frauen, auch in Eisenach, erhielten in den kommenden Wochen die Nachricht, dass ihr Mann oder ihr Sohn vermisst ist. Und da es damals in Deutschland noch für viele selbstverständlich war, beim Tod eines nahen Verwandten schwarze Kleidung zu tragen, war das Straßenbild bald deutlich verändert. In meiner Erinnerung verdunkelt sich die Grundstimmung ziemlich schnell. Noch immer gab es kleinere Siegesmeldungen; aber wir hatten den Eindruck, sie überdecken nur die größeren Rückschläge. Siegesgewissheit und Kampfentschlossenheit wurde kaum noch empfunden, sondern eher angeordnet. Zunehmend standen unsere Städte unter dem, was Goebbels »Luftterror« nannte. Wir verbrachten viele Tag- und vor allem Nachtstunden im Keller unseres Hauses, wenn die amerikanischen und britischen Luftgeschwader über Eisenach nach Leipzig oder Leuna flogen. 1944 wurde auch Eisenach zum ersten Mal bombardiert. Wir Schüler wurden eingesetzt, den Schutt der getroffenen Häuser wegzuräumen. Und als wir wieder zur Schule gingen, sagte uns der Klassenlehrer: »Die Eva kommt nicht mehr. Hansjürgen, streich sie im Klassenbuch. Die Familie Fischer ist beim Luftangriff umgekommen.«

In der Silvesternacht unter dem schon nadelnden Weihnachtsbaum hörten wir im Rundfunk, wie Hitler mit brüchiger Stimme seine letzte Rede hielt: Der Sieg sei uns gewiss, wenn jeder seine letzte Kraft dafür einsetzte. Erstaunlich war: Während die Alliierten längst in Ost und West die deutsche Staatsgrenze überschritten hatten, wurde bei uns in Mitteldeutschland der normale Betrieb weitgehend aufrechterhalten. Die Schule setzte den Unterricht fort. Das Kino versuchte, von den Sorgen abzulenken. Die Züge fuhren unregelmäßig, aber sie fuhren. Der Ostergottesdienst, in dem mein Freund Walter konfirmiert wurde, fand Anfang April statt, während die US-Armee die umliegenden Höhen besetzt hatte und nach Eisenach hineinschoss. Gerüchte gingen bei uns um, Eisenach sei zur Festung erklärt worden. Diese Möglichkeit gehörte zu den Erfindungen, mit denen das Dritte Reich neue Heldensagen zu schaffen gedachte. Eine Stadt, die – in der Regel von der Waffen-SS – zur Festung erklärt wurde, war zu einem heroischen Ende verurteilt. Sie musste bis zum letzten Stein verteidigt werden und heldenhaft kämpfend zugrundegehen. In Eisenach, raunte man, sei die Waffen-SS eingerückt, damit sei uns allen dies Schicksal bestimmt. Unser Bruder Eberhard, auf seinem Schnellboot im Einsatz, hörte das im Radio. Er zog den Brief heraus, den er im Februar noch von zu

Hause bekommen hatte. Das also, musste er sich denken, ist der letzte Gruß aus dem Eisenacher Pfarrhaus von meinen Eltern und meinen vier Brüdern. Er hat uns Jahre später erzählt, wie er in Angstträumen unsere Spielwiese als zerschossenes Trichterfeld gesehen hat und unser verschüttetes Haus als hoch aufgehäuftes Grabmahl. Erst nach einem Jahr hat er erfahren, dass seine Familie noch am Leben war und auf ihn wartete. Ich aber habe in meiner Biographie festgehalten, wie bei uns am Morgen des Ostersonntags das Telefon klingelte und eine Stimme sagte: »Hängt die weiße Fahne raus! Die SS hat sich diese Nacht verdrückt. Die sind weg. Auf der Wartburg weht die weiße Flagge.« – Kurz darauf fuhren die Amerikaner mit ihrem Jeep bei uns ein. Sie hingen sofort Plakate aus: »Ein Haus, aus dem geschossen wird, wird sofort gesprengt.« Und an die im Nu zusammengelaufenen Kinder verteilten sie Kaugummi. Im Sommer dann, als die Besatzungsmächte sich über die Aufteilung geeinigt hatten, übernahmen die Amerikaner einen Sektor in Berlin und überließen dafür Thüringen den Russen. Die es erlebt haben, erzählten später immer wieder, wie sie am Straßenrand gestanden und zugesehen haben, wie die russischen Soldaten mit kleinen zotteligen Pferden und ihren Panjewagen im Geschirr bei uns einzogen. Auszuteilen hatten sie weder Kaugummi noch sonst etwas, und den Kindern wie den Erwachsenen hatten die sehr fremdländischen Menschen etwas Unheimliches. Sie hatten freilich kaum Berührung mit der deutschen Bevölkerung. Sie wurden in ihren Kasernen gehalten, und nur manchmal hörten wir sie ihre schwermütigen russischen Lieder in den Sommerabend singen. Es war gar nicht zu übersehen, dass die Lebensbedingungen in den beiden Hälften des geteilten deutschen Landes sehr unterschiedlich waren. Während im ohnehin immer viel reicheren deutschen Westen ein sehr kluger amerikanischer Wirtschaftsplan in kurzer Zeit eine blühende Wirtschaft schuf, herrschte bei uns noch Jahre lang der Hunger und der Mangel an allem. Ja, die russische Verwaltung forderte sogar noch Entschädigung und Reparationen. Wo zum Beispiel unsre Bahn zweigleisig war, wurde das zweite Gleis abgebrochen und in die Sowjetunion verfrachtet.

Es war kein Wunder, dass viele, die nicht an ihre ostdeutsche Heimat gebunden waren, in den Westen übersiedelten, solange die Grenze offen war. Wir galten jedenfalls als die armen Schwestern und Brüder und hatten in unseren »russischen Freunden«, wie sie halboffiziell genannt wurden, kaum Helfer in der Nachkriegsnot.

An diese nicht leichte Zeit habe ich mich erinnert, als ich viele Jahre später in der Sowjetunion war – in Russland und in der Ukraine. Da wurde mir manches klar über diese harten Jahre. Die russisch-orthodoxe Kirche hatte eine kleine Gruppe aus der DDR-Kirche eingeladen. Der Berliner Bischof Albrecht Schönherr leitete die Gruppe von fünf Pfarrern, der russische Patriarch war unser Gastgeber. Mit dem Bruder Feodor kam ich besonders ins Gespräch. Er sprach ganz gut Deutsch, und ich hatte in der Schule so viel Russisch gelernt, dass ich mich unsern Gastgebern mal mehr und mal weniger verständlich machen konnte. Am ersten Abend, als wir an der Begrüßungstafel nebeneinander saßen, erfuhr ich, dass dieser Feodor ein spät berufener Mönch war, vorher Historiker, noch davor Offizier der Roten Armee. Unsere Tage waren ausgefüllt mit Besuchen in Klöstern und Kirchen, in denen die Gläubigen sich zur großen heiligen Liturgie zusammenfanden, mit dem Besuch des Patriarchen in seinem Palais und Fahrten in das unabsehbare russische Land. Für drei Tage aber flogen wir in die Ukraine nach Odessa, wo der Patriarch seinen Sommersitz am Strand des Schwarzen Meeres hatte. Und dort habe ich zwei unvergessliche Stunden erlebt, in denen ich mit Feodor am Meer saß, der stille Himmel über uns und das weite Meer vor uns. »Unsere amerikanischen Bundesgenossen«, begann er zu erzählen, »waren wunderbare Kameraden, und wir haben uns gut verstanden. Aber darin unterschieden sie sich natürlich deutlich von uns: Sie waren über den Ozean gekommen und kämpften um die Befreiung Europas. Ihr Zuhause drüben in den USA war natürlich ganz still und unversehrt. Woher dagegen wir kamen, das weißt du. 1941 sind Hitlers Truppen bei uns eingefallen, mehr als drei Jahre haben sie bei uns gewütet und gemordet. Die Truppen, die 1945 schließlich bei euch in Deutschland ankamen, kamen aus einem Land, das bis Moskau und bis zum Kaukasus reichte und das auf dieser riesigen Fläche zerstört und niedergebrannt war. Und das Schlimmste: all die totgeschlagenen Menschen. Ich weiß nicht, welche Statistiken stimmen; gezählt hat niemand die Opfer. Von 1941 bis 45 sind wahrscheinlich mehr als 26 Millionen Menschen der damaligen Sowjetunion umgekommen: Davon acht Millionen als Soldaten im Kampf gefallen und drei Millionen russische Soldaten in der deutschen Gefangenschaft umgekommen. Alle andern Millionen waren Frauen, alte und kranke Menschen und viele, viele Kinder. Zuerst waren es die Juden – meine Schwiegermutter Esther war Jüdin und wurde als erste abgeholt. Dann aber wurden viele andere zum Opfer, etwa durch Zwangsarbeit oder durch Verhungern oder auch aus nackter Willkür: Russki weggetreten! Es war das reine Entsetzen. Viele von uns haben damals gesagt: Ich will verflucht sein, wenn ich jemals einem Deutschen die Hand gebe. Und als die Hitlertruppen schließlich doch abziehen mussten, haben sie alles hinter sich zerstört. Sie nannten das ›Verbrannte Erde‹.« – »Ja, ja«, fiel ich ihm ins Wort, »jetzt erinnere ich mich, wie uns das in unserer Wochenschau gezeigt wurde. Da hieß es: ›Was wir den Bolschewiken vorläufig überlassen müssen, darf kein Meter bewohnbarer Boden sein.‹ Und dabei sah man eine Technik am letzten Wagen angebracht, die das befahrene Gleis völlig zerstörte. Wo die Schiene gelegen hatte, gab es jetzt nur noch aufgewühltes Erdreich. Und im Hintergrund sah man – und darauf wies der Wochenschausprecher ausdrücklich hin –, dass große Rauchwolken und Explosionspilze über der verlassenen Stadt standen.« Daraufhin meinte Feodor kopfnickend: »Die weiten Landstriche, die wir zurückeroberten und befreiten, waren weitgehend zerstampfte Felder und rauchende Ruinen, Städte ganz ohne Bahnanschluss und ohne Elektrizität, und ich fand es anständig, dass wir uns, Deutsche und Russen, die zwei Gleise der deutschen Reichsbahn miteinander geteilt haben. Nein, mein Lieber, wir waren – Russen wie Deutsche – bettelarme Leute und haben im Winter 1945 gemeinsam gehungert und gefroren. Von einem Marshall-Plan konnte da nicht die Rede sein.« Dann aber kam er auf seine eigene Familie zu sprechen und seine Stimme wurde immer brüchiger. »Du bist der Erste«, sagte er, »dem ich das alles erzähle – oder soll ich sagen: aufzähle?« Sein Bruder sei gleich am Anfang gefallen, als die Deutschen im Sommer 41 plötzlich bei ihnen einfielen. Seine alten Eltern seien buchstäblich verhungert. »Unser älterer Junge war 14. Eines Morgens war er verschollen. Wir haben ihn nie wieder gesehen. Und meine Frau«, und jetzt wurde seine Stimme ganz heiser, »hat der deutsche Landser auf dem Gewissen. Sie hat sich wohl gewehrt, sagt der Nachbar. Ich war ja längst an der Front.« Dann zögerte er eine Weile, ehe er beinahe flüsterte: »Aber unser Micha war erst drei Jahre alt. Er konnte doch nicht wissen, dass der Onkel ein deutscher Soldat war, der keinen Spaß verstand. Er wollte doch nur einen Spaß machen. Und der Unmensch hat ihn noch zappeln lassen.« – Und jetzt versagte dem Vater die Stimme. Er drehte sich eine Weile um, und ich sah, wie seine Schultern zuckten. Und dann wandte er sich wieder mir zu und sagte mit veränderter Stimme: »Ich habe mit Micha geredet. Er hat euch Deutschen im Namen Christi verziehen.« Und dann gab er mir noch die Hand und sagte feierlich und geheimnisvoll auf Russisch: »Swjati duch« – Heiliger Geist –, schlug ein Kreuz und flüsterte: »Mir, moi brat«

– Friede, mein Bruder. Wir haben noch lange am Meeresstrand gesessen, haben nach den Wolken gesehen und nach den Vögeln. Und in weiter Ferne waren die Schiffe unterwegs.

So erinnerten wir uns, der russische Mönch und der deutsche Pfarrer, am Schwarzmeerstrand an die Zeit, als er Offizier in der Roten Armee war und ich Schüler im Eisenacher Gymnasium. Zunächst freilich war Ausnahmezustand bei ihm und bei mir. Er deutete mir an, wie befremdlich es mit seinen Soldaten und den deutschen Bürgern in der Zeit der russischen Besatzung stand: »Meine Männer waren natürlich nicht plötzlich verwandelt. Sie hatten bis vor kurzem einen erbitterten Kampf gegen diese Deutschen geführt, viele von ihnen hatten Frau und Kind durch sie verloren, und mit einer Frau hatten sie oft lange Zeit keinen Kontakt gehabt. Wir wussten schon«, sagte er, »warum wir die Leute in entlegenen Kasernen gehalten haben. Und dann hatten wir keine Ahnung, wer von diesen Deutschen eingefleischter Nazi war und geheime Pläne schmiedete. Oder ob der vom Nachbar denunzierte, angebliche Nationalsozialist in Wirklichkeit nur ein Opfer einer Verleumdung war. Da war es kaum möglich, ein Vertrauensverhältnis aufzubauen.« Und auch bei uns Deutschen war zunächst von Gymnasium keine Rede. Die Lehrer mussten überprüft werden. Die NS-Lehrpläne waren unbrauchbar geworden. Schulgebäude mussten neu aufgebaut werden. Dann musste man auch Aufgaben zur Beschäftigung der Schuljugend finden. Ziemlich riskant war es, dass die älteren Oberschüler durch die Häuser geschickt wurden, um zu erkunden, ob da noch Wohnraum war. Die Flüchtlinge und Umgesiedelten aus Schlesien und Ostpreußen mussten untergebracht werden. Bombengeschädigte hatten kein Dach mehr über dem Kopf. Die russische Verwaltung brauchte Diensträume. Mein Bruder Rüdiger berichtete, wie er als Kontrolleur in alle Häuser gehen und den letzten Winkel ausfindig machen sollte, wo noch jemand hineingedrückt werden konnte. Den meisten von uns ging es aber wie mir. Am frühen Morgen um fünf stand in einer Nebenstraße ein Traktor mit Anhänger. Auf den kletterten wir, und er fuhr uns auf das Gut eines Barons, wir wurden in der Landwirtschaft eingesetzt. Unser Mathelehrer fuhr mit und organisierte den Einsatz. Er war übrigens mit dem Freiherrn befreundet und musste unseren Zorn dämpfen, als einer von unseren Klassenkameraden, der Sohn im Hause, erst gegen neun auf der Terrasse erschien und gemütlich frühstückte. Im nächsten Jahr freilich, als die Bodenreform seinen Vater von seinem Besitz vertrieb, diskutierten wir über Agrarpolitik und Gerechtigkeit. Neue Maßstäbe wurden in unserm Land angelegt und hitzig diskutiert. Mich freilich beunruhigte etwas anderes. Bei mir meldete sich mein altes Problem wieder. Am ersten Tag wurden Säcke entladen. Da konnte ich noch einigermaßen mitmachen. Ähnlich auch am nächsten Tag, als der Hof zu kehren und das Gerät zu säubern war. Aber dann gingen wir auf die Felder zum Rübenverziehen. Da sollten irgendwelche winzigen Pflänzchen von falschen Trieben gesäubert werden. Das war alles so winzig, dass ich dem nicht gewachsen war. Der Baron schüttelte den Kopf, und der Mathelehrer sagte: »Aber der hat eine Menge Balladen im Kopf. Das sollten Sie mal hören.« Die beiden versuchten noch, geeignete Beschäftigungen für mich ausfindig zu machen. Aber am dritten Tag sagte der Gutsherr zum Studienrat, er möchte doch bitte nur geeignete Leute mitbringen. Er könne nicht auch so hilflose Schüler mit durchfüttern. Und ich blieb also zu Hause und träumte der Kartoffelsuppe nach, die für uns ausgehungerte Stadtjungen der Höhepunkt des Tages war. Ich dachte manchmal verzagt: Was soll denn in dieser Welt aus mir werden?

Das wurde alles ganz anders, als im September die Schule wieder begann. Dabei hatten wir es noch gut, denn wir verbrachten diesen Sommer in unserer Heimatstadt, aber ungezählte waren gleichzeitig unterwegs auf Landstraßen und zu Fuß auf der stillgelegten Autobahn. Ganze Familien mit einem Leiterwagen oder mit der letzten Habe in Säcken wanderten in Richtung Norden oder Westen zu Verwandten oder in ihre Heimatstadt, aus der sie evakuiert worden waren und von der sie nicht wussten, ob ihr Haus noch stand. Sie klingelten auch an unseren Haustüren. »Haben Sie nicht etwas zu essen für unser Kind? Ein Bett für unsre Oma für eine Nacht zum Ausruhen? Eine Information, wie wir am besten nach Münster kommen?« Gleichzeitig waren noch Millionen ehemalige deutsche Soldaten in Gefangenschaft. Erst Jahre später haben wir erfahren, was sich in den Gefangenen-, Arbeits- und Schulungslagern ereignet hat. Fast in jedem Haus warteten Menschen auf ihre Männer und ihre Söhne, wandten sich an Suchdienste, nahmen nach allen Richtungen Kontakte auf.

Auch wir warteten natürlich. Wir warteten auf eine Nachricht von unserm Eberhard, von dem wir zuletzt im Februar 1945 eine Nachricht hatten: Feldpostbrief aus der Kriegsmarine. Seit dem wussten wir nichts mehr von ihm. War er in Gefangenschaft? Lebte er noch? Die ganze Familie dachte mit Bangen daran, und niemand sprach darüber außer im Gebet am Abend. Und dann fast ein Jahr nach Kriegsende war der große Tag. Mutter Karin erzählte mit fliegendem Atem: »Es hat geklingelt, und da stand ein baumlanger Mensch vor der Haustür, eine Schiffermütze auf dem Kopf und sagte, er komme von der Küste, und er brächte Nachricht von Eberhard. Sie seien gemeinsam Mienensuche gefahren. Wer sich dazu meldete, musste nicht ins Gefangenenlager. Die europäischen Meere waren ja voll von Mienen, die gesprengt werden mussten. Dazu hatten sie sich freiwillig gemeldet. Aber ihm sei das jetzt zu gefährlich gewesen, denn dabei konnte man natürlich mit hochgehen. Da sei er in der Nacht abgehauen. Und schönen Gruß von Eberhard.« Reichlich gespeist und ein bisschen belohnt brach er wieder auf zum langen Fußmarsch ins Allgäu.

Die Nachricht war natürlich zwiespältig: wunderbar zu wissen, er lebt, und beunruhigend zu wissen, dass seine Arbeit lebensgefährlich war. Deshalb war die Freude und die Erleichterung doppelt groß, als schon wenige Monate später auch er an unserer Haustür klingelte, einen Seesack über der Schulter. Auch er hatte, wie er sagte, »illegal Abschied genommen«. Später zeigte sich übrigens, es war günstig, dass er in der Ostzone zu Hause war. Hätte er sich, wie er gern wollte, ein Jahr später in Hamburg zum Studium angemeldet, dann hätte ihn die Besatzungsmacht wegen Fahnenflucht verhaften können.

Jetzt war er also wieder zu Hause. Aber er war verändert. Er bemühte sich – übrigens wie viele Frontheimkehrer –, die letzte Klasse vor dem Abitur zu bewältigen und sich im bürgerlichen Leben wieder zurechtzufinden. Im Karthausgarten mit seinen Blumenfeldern vor der Wandelhalle versuchte er mit einer Freundin, wie er etwas ironisch sagte, »gut bürgerlich zu wandeln«. Er sang auch wieder im Bachchor im Bass. Aber ich hatte immer den Eindruck, mit seinen Gedanken, Wünschen und Ängsten ist er ganz woanders. »Ich brauche Boden unter den Füßen«, sagte er. »Ich habe große Angst abzusaufen.« Wie so ein Absaufen aussah, erfuhr ich schnell. Schon in einer der ersten Nächte im gemeinsamen Schlafzimmer. Da fuhr er auf mit einem Schrei, ja, mit einem Brüllen aus dem Schlaf, das mich bis ins Tiefste erschreckte. Was für ein Entsetzen, dachte ich, muss den im Innersten bedrängen. Stoßweise berichtete er schließlich, und vieles musste ich mir selber ergänzen. In einem der letzten Kriegsmonate muss es gewesen sein. Das Schnellboot, auf dem er Maat war, manövrierte in der Ostsee. Die russischen Divisionen standen schon tief in Ostpreußen. Gleichzeitig drängten deutsche Flüchtlinge nach Westen, große Züge verzweifelter Menschen. Hier also war Eberhard mit seinen Kameraden unterwegs. In einer Winternacht stießen sie auf ein einen Luxusliner, der in ein Lazarettschiff umgebaut war und Schwerverwundete transportierte. Aber jetzt war es ein verzweifelt schreiendes Boot. Tausende von Stimmen schrien in die Nacht. Die da schrien, brannten alle. Vielleicht brannte das Schiff schon, als das Schnellboot ihm begegnete. Vielleicht wurde es jetzt erst in Brand bombardiert. Und ob es amerikanische Flugzeuge waren oder russische, blieb offen. »Jedenfalls«, sagte Eberhard, »legten wir Backbord an. Es wurde eine Brücke von Bord zu Bord geschlagen. Drei Leute kamen herübergerannt und schrien: ›Kommt schnell rüber. Dreitausend Verwundete. Alles brennt. Holt Verwundete rüber!‹ Aber der Kapitän des brennenden Lazarettschiffs kam mit und rief: ›Quatsch! Das Deck glüht ja schon. Die rettet keiner mehr.‹« Und dann meinte mein Bruder verbittert: »Aber sein Zeug ließ er sich noch rüberschaffen.« Er sei auch bei ihnen an Bord geblieben. In diesem Endstadium habe es keine Kapitänsehre mehr gegeben. Da war ihnen schon alles egal. Und dann hielt er die Tränen nicht mehr. »Ich hör die ja immer schreien, in allen Träumen, 3000 Leute brüllen. Das werd ich mein Leben lang nicht mehr los.«

Bis heute vergesse ich nicht, wie er mir das erzählt hat. Und ich sehe dabei ein lichterloh brennendes Schiff in einer tiefschwarzen Nacht.

So musste dieser Heimkehrer sein Leben lang mit einer inneren Dunkelheit fertig werden, wie viele seiner Altersgenossen mit der ihren. Ein Jahr nach seiner Heimkehr bestand er das Abitur und begann sein Theologiestudium in Rostock. »Ich muss die See rauschen hören«, sagte er mit einem seemännischen Unterton. Er ist sein Leben lang in der Stadt und auf dem Dorf ein Pfarrer für belastete Menschen gewesen und hatte dabei auch seine eigene Sprache. Er brachte mit dem Schnitzmesser Hirten auf die Welt, Krippenfiguren und wachehaltende Engel. Die sprachen für ihn mit eigener Sprache, und seine Gemeinden verstanden ihn.

Womit wir, die Menschen im zerstörten Deutschland, fertig werden mussten, das war eher die alltägliche äußere Not. Während des Krieges wurden die Lebensmittel immer stärker rationiert. Aber jetzt herrschte der nackte Hunger. Das umliegende Land musste weitgehend die Städte selber ernähren. Das reichte aber oft längst nicht aus. Wir – die Leute in der Stadt – lernten es wieder, wie einst unsere Vorfahren, besorgt das Erntewetter zu prüfen: Kommt der Regen noch zur richtigen Zeit, wann kommt endlich die nötige Sonne. Denn von dieser Ernte hing unsere Zukunft ab. Wenn das Korn zur Ernte reif war, fuhren die Leute aufs Dorf. Unser Nachbar sagte, er biete ein Silberbesteck an. Ob der achselzuckende Bauer mir dafür nur Mehl anbieten würde oder auch Eier oder gar ein Huhn? Unser Pfarrgarten war bis in die Winkel gut genutzt. Man gab sich Ratschläge über den Gartenzaun und tauschte sich Rezepte aus, wie man aus Brennnesseln und Tee eine Mahlzeit machen kann. In unserem Haus wurden die Aufgaben verteilt. Einer betreute Hühner und Karnickel, ein anderer musste für Brennholz sorgen. Ich hatte beim Aufwasch zu helfen und mich um den jüngsten Bruder zu kümmern.

Denn im vorletzten Kriegsjahr war bei uns tatsächlich noch ein Bruder geboren. An einem Januarmorgen kam unser Vater in unser eiskaltes Schlafzimmer und sagte: »Heute Nacht habt ihr einen Bruder bekommen. Er soll Michael heißen!« Er erzählte uns später, auf dem Standesamt habe der Beamte gesagt: »Geht nicht, jüdischer Name!« Aber da sei ihm, meinem Vater, ein Buchtitel aus den Zwanziger Jahren eingefallen. »Kennen Sie etwa nicht den Roman ›Michael‹ vom Reichsminister Goebbels?« Und da sei der Beamte plötzlich ganz beflissen gewesen: »Aber selbstverständlich, Herr Doktor!«

Unser Jüngster hieß also Michael, und ich hatte ihn zu betreuen. Ich habe beizeiten gelernt, einen Säugling zu wickeln, und wir haben miteinander gespielt und Märchen erfunden, bis der dreijährige eines Morgens mit hochgradigem Fieber erwachte. Die Ärztin nahm ihn in die Klinik, die Lungenentzündung wurde lebensgefährlich, unser Vater sagte: »Ich habe als Pfarrer manche sterbende Kinder gesehen, die sahen aus wie jetzt unser Michael.« Und ich habe meinem Brüderchen noch einen Brief ins Krankenhaus geschrieben, den hat er sich auf seine Bettdecke gelegt und immer wieder vorlesen lassen. Und dann kam der Diakon vom evangelischen Hilfswerk. Er wisse, dass es seit Kurzem ein amerikanisches Wundermittel gebe. Ob das nicht zu beschaffen sei? Tatsächlich gelang das auf verschlungenen Wegen. Zwei Wochen später spielten wir schon wieder in unserem Garten. Dies Wunder hieß Penicillin. Das Antibiotikum war erfunden.

So hart und so arm diese Nachkriegszeit war, es war doch die Zeit des großen Aufatmens und der täglichen Dankbarkeit: Endlich Frieden und ein Ende des großen Mordens! Das gab es endlich nicht mehr. Die Frauen hatten gesagt: »Wenn nur die Alarme aufhörten und die Männer nach Hause kämen. Alles andere wollen wir gern ertragen. Hunger, Armut, Plackerei.« Das war also jetzt unsere Gegenwart. Wie hatten wir uns 1944 in den letzten Advents- und Weihnachtstagen im Krieg nach solchem Frieden gesehnt! Wir entdeckten in unserem Gesangbuch zwischen den herkömmlichen Weihnachtsliedern Verse, die wir nicht kannten und die uns aus dem Herzen sprachen: »Dass die Völker und die Thronen / vereint als Brüder wieder wohnen / in deines großen Vaters Haus.« Und: »Gib der ganzen Christenschar / Frieden und ein seligs Jahr!« So haben wir damals mit großer Sehnsucht gesungen. Ein Jahr später – wir nannten das: die erste Friedensweihnacht – haben wir uns an diese Sehnsucht erinnert. Dabei war inzwischen die große Georgenkirche noch schwer durch Bomben geschädigt worden. Der Winterwind blies heftig durch die zerbrochenen Fenster. Und doch wurde einmal vor den Jahren der Renovierung das Weihnachtsoratorium aufgeführt und von einer großen Gemeinde gehört. Die Altistin, die in den letzten Jahren singen musste: »Bereite dich fröhlich…«, durfte wieder nach Bachs Textbuch singen: »Bereit dich Zion, mit zärtlichen Trieben…«, und der Chor sang jetzt aus wirklich vollem Herzen: »Jauchzet, frohlocket, auf, preiset die Tage!« Ja diese Tage haben wir damals wirklich gepriesen. Denn – so wurde von Sopran und Bass gesungen: »Herr dein Mitleid, dein Erbarmen, tröstet uns und macht uns frei.«

Groß und tröstlich hatten diese Worte über dem letzten Kriegsjahr gestanden. In der evangelischen Kirche steht über jedem Jahr eine biblische Losung, eine Jahreslosung. 1944, als der Krieg seinem Ende entgegenraste, hatte sie geheißen: »Es wird nicht dunkel bleiben über denen, die in Angst sind.«

Es wird nicht dunkel bleiben. Ist das wahr? Ist es wirklich nicht dunkel geblieben, frage ich mich jetzt, über denen, die damals in Angst waren, als die Menschenschlächter das Regiment führten? Ist die Angst nicht lebenslang ihre Begleiterin geblieben?

Ich habe ja am Anfang darüber berichtet, wie selbst schon über meinem behüteten frühen Leben ein unsichtbares Damoklesschwert schwebte, dem ich mich nicht entziehen konnte, das mein ganzes Leben geprägt und belastet hat und das auch gekennzeichnet war durch das eigene Zeitalter, das niemand sich aussuchen kann.

Natürlich lernte nicht nur ich so etwas kennen, sondern es traf auch andere, und die oft viel härter, all die Mitmenschen, die die ganz großen Ängste unseres Jahrhunderts erlitten haben. Ich will von einer Jüdin berichten, deren Leben auf ihre Weise auch mein Leben berührt hat und die ich bis zum Ende begleitet habe.

Hier steht ein Leben für ungezählte andere. Hilde C., von der ich spreche, habe ich durch ihren Sohn kennen gelernt. Hans-Günter wurde nach dem Krieg 1948 im letzten Schuljahr vor dem Abitur unser Mitschüler. Er war fünf Jahre älter als wir und hat das Abitur nicht glanzvoll, aber doch ausreichend bestanden. Ich bin mit ihm oft in den Wäldern um Eisenach gewandert, oder wir haben auf einer Bank im Garten gesessen, und er hat mir von seinem Schicksal erzählt. Er ist in Schlesien aufgewachsen. Sein Vater hat sich von seiner jüdischen Frau scheiden lassen, die zur christlichen Gemeinde gehörte aber »rassisch«, wie die offizielle Einordnung hieß, aus einer jüdischen Fabrikantenfamilie stammte. Sie wurde also als Jüdin geführt. Ihr ehemaliger Mann hat sie und ihre drei Kinder, so gut es ging, noch etwas unterstützt. Und dann wurde sie ins Konzentrationslager Theresienstadt verschleppt, eine Tochter kam auf unklare Weise im Labor um, die andere hat sich das Leben genommen, dem Sohn wurde der Zutritt zum Gymnasium verboten, als »Halbjude« wurde er als Hilfsarbeiter in der Rüstungsindustrie jahrelang beschäftigt. Als der Krieg zu Ende war, ist er mit einem Leiterwagen vom Schlesien nach Theresienstadt gelaufen, hat die Mutter tatsächlich dort schwer beschädigt aufgefunden und im selben Wagen nach Hause gefahren. Er hat dort bei einem erfahrenen Kantor Chorleitung gelernt, hat sich in der deutschen Gemeinde um Alte und Kranke gekümmert und wurde zum unentbehrlichen Helfer des Pfarrers. Wie Albert Schweitzer wollte er einmal praktizierender Musiker werden und Theologie und dann Medizin studieren, um Pfarrer und Arzt zugleich zu werden. Nach zwei Jahren wurden die Deutschen aus dem inzwischen polnischen Schlesien ausgewiesen. Sie kamen nach Thüringen. Seine schwer behinderte, oft bettlägerige

Mutter lebte zuerst in einem stillen Haus in Ilmenau, vom Thüringer Wald umgeben. Dann zogen Mutter und Sohn nach Jena – sie, um all ihre entsetzlichen Erfahrungen zu verarbeiten, er, um Theologie zu studieren. Nach einem Jahr zeigte sich, dass seine Kräfte erschöpft und all seine Pläne illusorisch waren. In einer Nacht hat er auf einem Eisenbahngleis den Tod gesucht. »Ich muss zu Gott«, stand in seinem Abschiedsbrief.

Und nun stand sie also ganz allein da. Ich habe sie, so oft ich konnte, in ihrer kleinen Wohnung im Erdgeschoss eines DDR-Neubaus besucht. Manchmal saß sie, mühsam gestützt, mit mir am Tisch. »Heute machen wir Teegesellschaft«, sagte sie stolz. Meist saß ich an ihrem Bett. Über meine Arbeit und mein Leben haben wir kaum jemals geredet. Das war für sie eine fremde, ferne Welt. Sie erinnerte sich immer wieder, wie man sie damals geholt, geschlagen, verhöhnt hatte. Sie berichtete mit gequälter Stimme von Theresienstadt, wie sie dort ganz leise »Befiehl du deine Wege« gesungen haben, wie sie Psalmen und die Bergpredigt in einer Bibel gelesen haben, die eine von ihnen aus einem Versteck holte und dort wieder hineinschob.

Das musste alles ganz heimlich geschehen, und niemand, der heute noch mitsang, wusste, ob er morgen noch dabei sein oder schon abtransportiert sein würde. Das war alles so schrecklich, sagte sie.

Immer wieder fuhr sie zur Therapie nach Tannenfeld in die psychiatrische Klinik. »Sie ist wieder mal durchgedreht«, sagte mir der Jenaer Facharzt nüchtern. Ganz selten ging es ihr so gut, dass sie sich zum Gottesdienst fahren lassen konnte. Unvergesslich ist mir ein Adventssonntag in der gut geheizten Aula der Universität. »Schön, dass du heute dabei sein kannst«, habe ich sie begrüßt, ehe ich auf die Empore stieg, wo wir im Chor sangen. Und dort hörte ich plötzlich von unten einen Schrei, als wir das Wochenlied sangen: »Mit Ernst, o Menschenkinder, das Herz in euch bestellt.« Und die ganze Gemeinde schreckte auf. Zuerst dachte ich, das ist der Schrei eines Tieres, das sich hierher verirrt hat. Dann nahm ein zufällig anwesender Arzt sie sanft am Arm und fuhr sie in seinem Wartburg nach Hause. Dort habe ich sie dann besucht, ehe sie am folgenden Tag nach Tannenfeld zu Therapie fuhr. »Mich hat plötzlich die Panik ergriffen«, sagte sie verwirrt, »als ich singen sollte: ›Ein Herz, das Hochmut übet, mit Angst zugrunde geht.‹ Der SS-Mann hat mich doch immer angeschrien: Du hochmütige, du alte hochmütige Heppe! Mit Angst muss ich jetzt also zugrunde gehen, mit Angst, mit Angst. Und mit Ernst, o Menschenkinder«, murmelte sie immer wieder, »mit Angst und mit Ernst!«

Wir haben viel über ihre Angstträume und ihre Erinnerungen geredet, und sie zeigte mir ihre laufenden Kalender, in die sie täglich ihre Gedanken schrieb. »Ihr werdet euch wundern, wenn ihr mal meinen Nachlass übernehmt«, sagte sie mir und Besucherinnen, die zu ihr kamen, »und lest, was ich da alles aufgeschrieben habe und wie ich auch mit meinem Gott gehadert habe.«

Ich weiß nicht, ab wann wir, sie und ich, unser Gespräch jedes mal mit dem Psalm 126 beschlossen haben, ohne dass wir es irgendwann ausdrücklich vereinbart hätten, ein Jahrtausende altes Lied des schwer geprüften Volkes Israel, das uns tief in unserm Herzen tröstete. »Wenn der Herr die Gefangenen Zions erlösen wird«, beginnt er, »dann werden wir sein wie die Träumenden. Dann wird unser Mund voll Lachens und unsere Zunge voll Rühmens sein. Da wird man sagen unter den Heiden: Der Herr hat Großes an ihnen getan.« – »Wann werden wir so was endlich erleben?«, seufzte sie und schlug die Hände vor ihr Gesicht. »Wann endlich Befreiung!« Das waren immer wieder ihre Sätze. Ich dagegen habe immer wieder all die Gefangenen vor Augen, die in den Konzentrationslagern für immer eingesperrt waren und die andern, die ständig in ihren Ängsten gefangen sind und beten: »Herr, bringe wieder unsere Gefangenen, wie du die Wasserbäche wiederbringst im Mittagsland!«

Freilich gab es noch eine Überraschung, ein glücklicher Zufall, den sie als Wunder deutete, an das wollte sie sich klammern. Ich habe Verwandte in Schweden besucht und mich vor der Abreise bei ihr verabschiedet. »Schweden«, sagte sie, »du, da habe ich vielleicht mal einen Bruder gehabt. Er war jünger als ich, und mir hat 1938 jemand erzählt, er sei noch mit einem Kindertransport nach Schweden ausgereist. Ich habe aber nie mehr etwas von ihm gehört. Ich bin eine geborene Husserl, und er hieß Henri Husserl. Wenn du in Schweden bist, kannst du doch mal versuchen, ob du vielleicht noch eine Spur von ihm findest.« Das habe ich ihr versprochen. Aber über all den Eindrücken in diesem wunderbaren Land habe ich es vergessen. Und dann am Abend vor meiner Heimreise habe ich mit meiner schwedischen Tante auf einem Landgut in Schonen vor dem Kamin gesessen, und weil sie eine Freundin der Philosophie war, empfahl sie mir die Lektüre eines wichtigen Philosophen. Sein Name sei Husserl. Wie ein Blitzschlag stand da die Bitte der Schwester vor mir. Man hatte gesagt, der Transport ihres Bruders sei nach Stockholm gegangen. »Man kann ja für alle Fälle mal einen Blick ins Stockholmer Telefonbuch werfen.« Tatsächlich fanden wir dort seinen Namen, und die Stimme eines Mannes sagte auf fast fließendem Deutsch, ja, das sei seine Schwester, und man habe ihm gesagt, sie sei tot, im Lager umgekommen. Er hat sie tatsächlich noch zweimal auf ein paar Tage in Jena besucht. Und sie erzählte mir, ihm, der ein leidenschaftlicher Tänzer war, habe sie noch einen vergessenen schönen deutschen Tanz in Erinnerung rufen können. »Vielleicht gibt es doch noch Wunder«, sagte sie fast trotzig, ein komischer Zufall oder eine Fügung? Und sie weinte doch zugleich über ihr verlorenes Leben. »Herr, bringe wieder unsere Gefangenen«, sprachen wir gemeinsam. »Die mit Tränen säen, werden mit Freuden ernten.« – »Wann?«, fragte sie dazwischen, »wann denn?« – »Sie gehen dahin und weinen und tragen edlen Samen und kommen mit Freuden und bringen ihre Garben.«

Die Jahre ihres Alters wurden noch stärker belastet. Ihr behandelnder Arzt nahm mich zur Seite: »Ich will es ihr nicht direkt sagen, Ihnen aber als ihrem Seelsorger. Sie hat den Krebs und wird daran sterben.« Ich habe mich noch manchmal an ihr Bett gesetzt und habe auch Studenten gewonnen, die bei ihr Nachtwache gehalten haben und sich am Tag von ihr, so viel sie noch konnte, vom Leben im Lager erzählen lassen. Dann hatte ich selber einen Infekt und musste eine Weile daheim bleiben. Als ich sie wieder aufsuchen konnte, sagte man mir, sie sei schon im Krankenhaus, in der katholischen Klinik. Ich ging hin, und die Schwester sagte mir: »Sie hat schon drei Tage lang nichts mehr gegessen, und seit gestern ist sie nicht mehr ansprechbar. Sie können sich aber an ihr Bett setzen und Abschied nehmen.« Das habe ich gemacht. Ich habe mich still an ihr Bett gesetzt, ich habe Abschied genommen von einer schwer geprüften Frau. Sie lag ganz ruhig, rührte sich nicht mehr, und der Atem war kaum noch hörbar. Offenbar hauchte sie gerade ihr Leben aus. Nach einer halben Stunde wollte ich aufbrechen. Und vorher wollte ich zum letzten Mal und eigentlich mehr für mein eigenes Gedächtnis »unsern Psalm« noch einmal sprechen: »Wenn der Herr die Gefangenen Zions erlösen wird, dann werden wir sein wie die Träumenden.« Und plötzlich sprach sie mit. Sie sprach ganz leise und wie aus weiter Ferne: »Dann wird unser Mund voll Lachens sein und unsere Zunge voll Rühmens.« Sie war schon weit entfernt auf dem letzten Weg, weit, weit in der Ferne. »Die mit Tränen säen, werden mit Freuden ernten.« Ihre Stimme erlosch auch wieder, und ich habe abschließend gesagt: »…und kommen mit Freuden und bringen ihre Garben.« Darauf hat sie noch ganz leise aber ganz deutlich »Amen« gesagt – wie ein tiefes Aufatmen. Vielleicht in diesem allerletzten

Augenblick und auf dieser allerletzten Station eines tiefinnersten Weges wird es hell wie in frühen Kindertagen, und sie hat empfunden: Nein, es ist wirklich nicht dunkel geblieben über der, die ein Leben lang in Angst war. Und wir sollten uns an solche Lebensgeschichten erinnern, damit diese Zeit, diese Mahnung und diese Horizonte der Menschheitsgeschichte in Erinnerung bleiben.

Der Morgen nach der Dunkelheit

Wir haben ja beim Rückblick auf die Zeit meiner Kindheit und meiner frühen Jugend einige jüdische Menschen kennengelernt. Zum einen Menschen wie Hilde C., die ihr ganzes Leben nur noch als eine schwere Last empfinden konnte. Zum anderen die jüdischen Menschen, die uns damals noch eine Zeitlang auf den Straßen begegneten, durch den Judenstern kenntlich gemacht. Von den meisten verachtet, verschwanden sie später in den Lagern der Nazis. Und schließlich die gerade noch ins Ausland Entronnenen wie Paul Oestreicher und seine Eltern.

Mir ist erst viel später deutlich geworden: Beim Umgang mit diesen jüdischen Mitmenschen ging es den Hitlerleuten nicht nur darum, dass ein bestimmtes Volk angegriffen und verfolgt werden sollte, sondern hier ging es um eine umfassend neue Weltsicht. Hier sollte die ganze Menschheit umgearbeitet werden, gleichsam bis auf den Grund umgepflügt. Das ist auch mir in seiner schlimmen Konsequenz erst viel später deutlich geworden.

Schon 1934 wollte ein gewisser Karl Astel ein für alle Mal mit der Behauptung Schluss machen, der Wert eines Menschen in der Gesellschaft werde dadurch bestimmt, welche Bildung, welche Fähigkeiten, welche Charakterstärke er besitzt. Karl Astel war damals Präsident des thüringischen Amtes für Rassewesen und wurde später bis zum Ende der Hitlerzeit Rektor, ausgerechnet an meiner späteren Jenaer Universität. Seine These hieß: Die Naturgesetze gelten nicht nur für Pflanzen und Tiere, sondern natürlich auch für die Menschen. Die entscheidende Grundlage für Tier und Mensch ist ihre Rassetüchtigkeit. Nicht die eitle Kultur, sondern die nackte Kraft ist das Maß aller Dinge. Wie auf dem Acker oder beim Tier im Stall muss auch bei den Menschen durch Ausscheiden des Lebensuntüchtigen die Menschheit ständig verbessert werden. Der neue Frühling entsteht aus dem Gesunden, Kräftigen, Lebensstarken. »Außerordentlich segensreich«, liest man bei ihm, »hat sich bereits die Ausscheidung der Erbkranken und Unterwertigen ausgewirkt.« Das entsprechende Gesetz, behauptete der damalige Jenaer Rektor, wurde fast vom gesamten Ausland als einer der größten Fortschritte der letzten Jahrhunderte bezeichnet. Allein in Thüringen seien 1934 bereits fast 1200 Unfruchtbarmachungen durchgeführt worden. Das Ziel sei es, das unglücklichere, lebensunwerte Leben, das sich dort angesammelt habe, gemeinsam wieder zu entfernen, auf deutsch: umzubringen, zu ermorden. »Ein solches Volk«, schreibt er und denkt dabei an ein judenfreies Deutschland, »kann nicht untergehen.«

Von den »Edelrassigen aller Länder« heißt es, sie seien von lebensfeindlichen Mächten, dem vorderasiatischen Judentum und seinen Filialen betrogen und gegeneinander aufgebracht worden. Wie das Kraut vom Unkraut befreit werden muss, wie der Tierbestand vom Ungeziefer, so auch die Menschheit von den vorderasiatisch jüdischen Mächten und ihren Filialen. Das sei der edelste, friedlichste Wettstreit der Menschheit. Und kaum jemand wird sich wundern, wie schließlich von einem neuen Evangelium die Rede ist, wenn es im Schlusssatz heißt: »Das ist die frohe Botschaft, die der Nationalsozialismus der leidenden und hoffenden Menschheit zu verkünden hat.«

Es ging den Mächtigen also nicht darum, die jüdischen Mitbürger einzugrenzen oder ihren Einfluss zurückzudrängen, sondern sie sollten ausgemerzt werden. Wie man das Unkraut im gepflegten Garten nicht beschneiden oder stutzen kann, so sollte dies Volk mit der Wurzel ausgerissen werden. Heute wissen wir: Wir hatten schon eine Ahnung, dass wir es hier mit einem schlimmen Regime zu tun hatten. Aber kaum jemand von uns hat erkannt, mit welch radikaler Grausamkeit hier ein System zu Werke ging und welch schreckliche Pläne sich daraus ergaben. Als dies Dritte Reich von den Völkern der Welt endlich verworfen war und als überwundene Vergangenheit gesehen werden konnte, habe auch ich langsam verstanden, mit welchen Machthabern wir es zu tun hatten, Menschen, die selbst in der Ohnmacht noch vom Untergang der andern träumten. Sie hörten nicht auf zu überlegen, was sie ihren Gegnern noch hätten antun können.

Solch bestürzendes Gedankengut hat mich noch einmal eingeholt, als ich einem seiner Verfechter erschreckenderweise nach Kriegsende zum letzten Mal begegnet bin. Das war etwa ein halbes Jahr nach Kriegsende.

Am Gymnasium war gerade der Unterricht wieder aufgenommen worden. Nicht weit vom Gymnasiunm an der nächsten Straßenecke gab es eine winzige Eisdiele, in der es Eiskugeln mit Süßstoff gab und ein schwer definierbares Melassegetränk ausgeschenkt wurde.

Am Dienstag hatte ich immer eine halbe Stunde Unterbrechung nach Schulschluss bis zur Klavierstunde. Wenn es regnete, setzte ich mich dort auf einen der wenigen alten Rohrstühle. Eines Tages saßen an meinem Tisch schon zwei Männer, sie rückten ihre Stühle zur Seite, um mir Platz in der Runde zu machen, Und im gleichen Augenblick dachte ich, den kennst du doch. Das stark gealterte, von harten Falten durchzogene Gesicht kannte ich nicht, aber eine hölzerne Armprothese gab mir sofort Auskunft – das war Herr Bosser, Lehrer meiner früheren Jahre. Zuerst zögerten wir beide einen Augenblick. Aber dann sprachen wir uns doch an. Bosser entschied sich für das »Sie«. »Sie sind doch der…«, sagte er, und ich unterbrach ihn: »Ja, der bin ich. Und Sie sind auch der.« – »Ja leider«, sagte er. »Sie haben mich natürlich sofort rausgeschmissen, und ich kann schon froh sein, wenn sie mich wenigsten sonst in Ruhe lassen. Hier übrigens mein Kollege für Sport und Geschichte, und mit Geschichte war er natürlich auch gleich abgemeldet.« Er schüttelte den Kopf. »Sie triumphieren jetzt natürlich. Aber ich kann Ihnen sagen: Das sähe alles ganz anders aus, wenn wir damals die Hände von der Wolga gelassen hätten, wenn wir stattdessen die Front vor dem Winter hundert Kilometer westlich eingegraben hätten und wenn wir die Amis überhaupt draußen gelassen hätten. Denn erklärt haben den Krieg wir, und ich weiß bis heute nicht, warum. Mit denen wären wir wahrscheinlich sowieso nicht fertig geworden.« – »Na«, sagte der andere mit väterlichem Ton, »na mein lieber Gotthold...« Er unterbrach sich: »Der heißt nämlich eigentlich Gotthold.« Bosser fiel ihm ins Wort: »Meine Eltern waren stinkfromme Pietisten, und ich habe schon als Halbwüchsiger darunter gelitten. Wenn es noch Gottfried oder so was gewesen wäre. Dann hätten die andern Jungs noch Friedel oder was Ähnliches sagen können. Aber so...« Er wandte sich an seinen schmunzelnden Kollegen: »Und ich mache dich darauf aufmerksam: Seit 1936 heiße ich Sigurd Bosser.« – »Falls unsre alte Standesamtsentscheidung noch anerkannt wird«, sagte sein Kollege und wiegte die Schultern.

Daraufhin begann er von neuem: »Ja, wenn der Blitzkrieg gegen die Sowjets weiter gelaufen wäre. Keitel hatte ja vor, das ganze jüdische Gesindel einfach hinter den Ural zu jagen – durch ganz Sibirien und von mir aus bis ans Eismeer. Bis dahin wären dann schon alle verhungert oder erfroren. Aber wir waren ja schon an der Wolga mit unserm Blitzkrieg stecken geblieben. Und da mussten wir jetzt sehen, wie wir mit all den

Hebräern fertig werden. Zumal es bei uns immer mehr rückwärts ging, andauernd nur noch rückwärts. Bei Goebbels hieß die Parole ja immer: ›Kurzen Prozess machen, solange man diese Leute noch im Griff hat.‹« Jetzt schaltete sich Bosser wieder ein: »Das war es ja eben. Als ich unsrer Partei beitrat, hieß es noch: Juden sind der Urfeind der Menschheit. Unser Ziel ist eine judenfreie Welt. Das nannten wir damals die Endlösung.« Der Dielenbesitzer kam mit zwei Eiskugeln. »Menschenskinder«, sagte er, »redet nicht so laut. Die machen mir noch meine Bude zu.« Bosser dämpfte die Stimme, sprach aber emsig weiter: »Später mussten wir eben sehen, wie wir möglichst viele beseitigen konnten, solange wir noch an sie rankamen.« Jetzt fiel sein Blick auf mich. »Du hättest da sicher auch kein gemütliches Leben gehabt.« Er wandte sich an seinen Kollegen: »Der war mal mein Schüler. Der konnte noch nicht mal ein bisschen basteln wie sonst die Jungs und was zusammenkleben. Und eine Sportskanone bist du auch nicht gewesen.« Er hatte vergessen, dass er mit »Sie« angefangen hatte.

Jetzt kehrte er zum allgemeinen Thema zurück. »Aufgegeben hatten wir ja noch nicht. Immerhin haben wir doch noch lange an den Endsieg geglaubt. Da gab's ja auch die Wunderwaffen. Die Raketen flogen ja schon. Nur mit den Atomwaffen hat's nicht mehr gereicht. Sonst wäre endgültig klar gewesen: Juda ade!« Sein Kollege schüttelte den Kopf. »Ich bin nicht so sicher, dass diese adeligen Herren ihr Letztes für unsern Endsieg gegeben haben. Herr von Braun und Herr von Ardenne. Ich würde mich nicht wundern, wenn wir in einem halben Jahr erfahren, der eine arbeitet jetzt im Dienst der Amis und der andere im Dienst der Sowjets, von Planck und Heisenberg zu schweigen.« Bosser übernahm wieder das Wort: »Das mag sein, wie es will. Jedenfalls mussten wir immer damit rechnen, dass eine Menge Juden schließlich doch noch durchkommen, wenn es mit ihrer Liquidierung nicht schnell genug ging. Von dem, was man von Heidrichs Wansee-Konferenz gehört hat, habe auch ich einigen Wind bekommen. Dort wurden die Dinge endlich klar beim Namen genannt. Solange die Leute im KZ an Hunger, Krankheit und Zwangsarbeit gestorben sind, ging das alles doch nicht schnell genug, um wenigstens ein judenfreies Europa noch zu erreichen. Erst als wir uns am Ende mit Leuten wie Eichmann und Lagern wie Auschwitz ein Programm der Massenvernichtung gemacht hatten mit der organisierten Zuführung und Liquidierung, konnten die Millionen ins Auge gefasst werden.«

Ich habe Bosser nie wieder gesehen. Wir sind grußlos auseinandergegangen. Das letzte Wort, das ich von ihm gehört habe, war »Gas«. Jemand hat mir erzählt, er habe in einem sowjetischen Straflager einen Mann gesehen, der Bosser ähnlich sah. Ob es wirklich Bosser war, weiß er nicht.

Das ist im Oktober 1945 gewesen. Da machte ich zum letzten Mal eine Erfahrung mit meiner Vergangenheit in Gestalt von Herrn Bosser. Und im selben Monat, drei Wochen später, machte ich eine ganz neue Erfahrung mit meiner, mit unserer Zukunft in Gestalt von Nathan dem Weisen in unserm Theater. Bis dahin kannten wir Schauspieler kaum von der Bühne, umso mehr aber von der Kinoleinwand. Harmlose Liebes- und Komikerfilme und pathetische Filme von tapfer kämpfenden Helden in verschiedenen Jahrhunderten, von Soldaten, die bis zum Letzten ihre Stellung hielten, von tapferen Kriegerwitwen, die trockenen Auges ins Abendrot schritten. Eine Erinnerung an das Theater war bei mir allenfalls Humperdincks Weihnachtsoper »Hänsel und Gretel« mit einer Tenor singenden Hexe, ein pathetisches Stück von Theodor Körner und als Höhepunkt Goethes Götz von Berlichingen mit dem eindrucksvoll zugeworfenen Fenster und dem rüden Spruch dazu. Und jetzt sprach uns unerwartet in demselben Haus die Vision von einer anderen Welt an. Das Eisenacher Stadttheater war in den letzten Kriegsmonaten geschlossen, jetzt also wurde es wieder eröffnet. Mein Freund Walter und ich gingen im Oktobernebel durch die schwach beleuchteten Straßen der Stadt zur Vorstellung von etwas Erstaunlichem. Goethes Iphigenie auf Tauris, eine Frau, die gegen Siegermacht und Rachezwang reine Menschlichkeit durchsetzt. Eine wunderbare neue Welt.

Der große Goethe wurde freilich vielfach von allen Seiten in Anspruch genommen. Am Kriegsende noch von unserm alten Schuldirektor. Bis zum Überdruss mussten wir aufsagen: »...gegen weibisches Zagen und ängstliches Klagen« würde uns nichts helfen, aber »allen Gewalten zum Trutz sich erhalten, nimmer sich beugen, kräftig sich zeigen, rufet die Arme der Götter herbei«. Aber jetzt rief er nach solchen Armen vergeblich, genauso wie sein rat- und hilflos gewordener

Führer in den Trümmern seiner Berliner Reichkanzlei. Mit ihr lagen freilich auch die Berliner Theater in Trümmern wie auch in München oder in Dresden. Das führte dazu, dass viele große Schauspielerinnen und Schauspieler in die Provinzstädte auswichen, in denen wie in Eisenach jedenfalls das Theater noch stand. Bei uns spielten also berühmte Frauen und Männer, denen wir später wieder im Berliner Deutschen Theater oder im Wiener Burgtheater begegnen sollten. Wo immer aber jetzt Theater gespielt wurde, fast überall wurde zuerst Goethes Iphigenie gegeben und dann Lessings Nathan. So auch bei uns. Ein damals in den großen Theatern bekannter Schauspieler stand jetzt auf unserer Eisenacher Bühne. Er war für uns also jetzt Nathan, ein nicht mehr junger Jude, den man Nathan den Weisen nannte. Wir wurden mit der Situation bekannt gemacht. Ein jüdischer Mitbürger kam hier also von einer Handelsreise zurück, von seiner christlichen Haushälterin begrüßt und von seiner halbwüchsigen angenommenen Tochter umarmt. Schon das war uns natürlich neu. Ein Jude, ohne Judenstern auf der Jacke, ohne die Todesangst im Blick. Ganz neu war für uns auch, dass wir nicht ohne Vorkenntnis in dies Schauspiel gingen. Wir hatten auf unserm Gymnasium, das bald Luthergymnasium heißen würde, einen neuen Deutschlehrer. Er war ziemlich schnell aus der Kriegsgefangenschaft entlassen worden, im Alter uns also viel näher als unsere bisherigen Studienräte und NS-Veteranen. Hans-Wolfgang Rehberg, nachdem er sich uns vorgestellt hatte, fragte am Anfang der Stunde, wer vorhabe, zu »Nathan der Weise« ins Theater zu gehen und ob jemand Lust habe, vorher mit ihm darüber zu reden. Von ihm erfuhren wir also, dass ein Gotthold Ephraim Lessing der Autor dieses Stückes war, ein sächsischer Pfarrerssohn im 18. Jahrhundert, Freund des berühmten Moses Mendelssohn, jetzt gewöhnten wir uns daran, dass solche Namen uns als normale Mitmenschen selbstverständlich wurden.

Mir aber fiel bei diesem Namen der missgestimmte Gotthold Bosser ein. Hier war jetzt also einer, der sich dieses Namens nicht schämte. Und bei ihm kam ein zweiter Name hinzu, Ephraim, einer der wichtigsten Stämme Israels. Der deutsche Gotthold und der jüdische Ephraim bildeten also zusammen den Leitstern für das Leben und das Denken des Gotthold Ephraim Lessing. Mit unserm Deutschlehrer verbrachten wir jetzt Stunden über Lessing und seine Zeit. Er erzählte von Lessings streng lutherischem Elternhaus und seiner Frömmigkeit in den Jugendjahren. In den Lehrbüchern erschien Lessing fast nur als der bestimmende Vertreter der Aufklärung und einer freisinnigen Vernunftreligion. Wenn der Name Lessing in unsern DDR-Lehrbüchern überhaupt erschien, war das nur unter dieser Überschrift geschehen: Aufklärung.

Rehberg berichtete – und wir lachten –, allenthalben wird unterschlagen, dass Lessing diese seine Überzeugung später ausdrücklich ablehnte und ziemlich drastisch »Mistjauche« nannte. »Denkt aber nicht«, sagte der Deutschlehrer, »die Gleichberechtigung der Juden sei damals eine Selbstverständlichkeit der Aufklärung gewesen. Natürlich ging man bei weitem noch nicht so unmenschlich mit den Juden um wie in unserer

Zeit. Aber als der berühmte Philosoph Moses Mendelssohn, damals noch ein junger Mann, den Eingang zur Stadt Berlin suchte, musste er die halbe Stadtmauer umrunden bis zu einem Tor, das er benutzen durfte. Tor für Vieh und für Juden. Die Torwache registrierte, wie man jetzt noch dort lesen kann, heute also soundso viele Kühe am Tag eingelassen und drei Juden.«

Was uns interessierte, war natürlich das Stück, das wir gesehen hatten, und die Zeit, in der »Nathan der Weise« entstanden ist. Das war 1779, Anfangszeit der deutschen Klassik. Da war dem Diskussionsfreudigen allerdings auf Drängen eines strenggläubigen Pastors eine fachtheologische Auseinandersetzung nicht mehr erlaubt. Er wusste sich zu helfen. Was er sagen wollte, stellte er jetzt in der Geschichte vom weisen Nathan dar. Später nannte man diese wunderbare Dichtung – in Jamben gefasst – das Hohelied der Brüderlichkeit. Nach ihr gab es damals eine richtige Sehnsucht. Das hat man später schnell vergessen. Dass es unmittelbar nach dem Kriegsende eine solche Sehnsucht gab, eine Sehnsucht nach Gemeinsamkeit. Ehe in den folgenden Jahren der kalte Krieg zwischen West und Ost begann, versuchte man, eine zuverlässige Gemeinsamkeit der Völker zu schaffen – Vereinte Nationen, UNO. United Nation Organisation, schon damals so etwas wie ein »Yes we can«, es wird anders in unserer Welt. Wir standen an der Brüstung im zweiten Rang unseres Theaters und hörten unten auf der Bühne den weisen Nathan: »Wir müssen, müssen Freunde sein.« Und wir dachten die verschiedenen Menschen, an all die Nationen, ihre Länder und Religionen, und wir dachten – Frieden auf Erden!

Ich habe aus dieser Zeit eine schöne Erinnerung. Wir saßen manchmal mit unserm Lehrer im Schulgarten. Dahlien blühten und Zugvögel strichen über die Dächer des alten Klosters, und wir sprachen über eine gute Zukunft. Einer sagte: »Mir gefällt am besten bei Lessing die Überzeugung, dass es von jetzt an immer vorwärts geht, aufwärts geht, immer schöner wird auf unserer Erde. Er hat ja so eine Geschichtstheologie. Mir gefällt, dass sie so was Positives, was Ermutigendes hat. In unserm Leben ist bisher nur alles bergab gegangen, Hitler, Krieg, Trümmerwelt. Und stattdessen jetzt eine Erziehung des Menschengeschlechts – das klingt gut. Wie Lessing sich so etwas gerade bei den Juden vorstellt. Da ist ein ungeschliffenes Naturvolk, und das wird hingeführt zur Liebe zum Gottesgesetz. Und jetzt führt Christus weiter zur Bergpredigt als unsere Aufgabe. Wenn wir heute unterwegs zur Bergpredigt wären, das wäre ein guter Weg, gewaltlose Politik. Ich habe gelesen, das bedeutet zuletzt ein ewiges Werden. Da schwebe ich richtig mit.« Unser junger Deutschlehrer lachte daraufhin: »Das gefällt mir auch. Aber mir persönlich, muss ich sagen, gefällt ein anderer Lessing noch besser. Diese Geschichtstheologie hat auch so was Automatisches. Da macht alles der liebe Gott, und wir machen bestenfalls dabei etwas mit. Aber Nathan spricht ja auch von einem Wettbewerb. Das gefällt mir noch besser, denn es ist aktiver. Da übernimmt der Einzelne auch ein Stück Verantwortung und gestaltet Zukunft mit. Da hieß es doch, es strebe von euch jeder um die Wette, die Kraft des Steins – also die Kraft seiner Religion oder seiner Weltsicht – an den Tag zu legen. Und dies durch herzliche Verträglichkeit, durch Wohltun und innigste Ergebenheit in Gott. Ich würde das heute sicher etwas anders formulieren. Da wechseln die Begriffe von Zeit zu Zeit. Aber worum es eigentlich geht, bleibt sich gleich. Ja, wenn ich mir die heutige Weltlage ansehe, denke ich, das wird wahrscheinlich bei uns sogar besonders wichtig. Ich vermute«, sagte er, »dass die Interessen in den nächsten Jahren auseinandergehen werden, die Westmächte mit ihren Wirtschaftsinteressen, die Sowjetleute mit ihrer neuen Gesellschaft, die jungen Nationen in Afrika und so weiter. Ich denke, da kommt es auf einen friedlichen Wettbewerb an, von dem alle etwas haben. Nicht ein blutiger Konkurrenzkampf darf das werden, sondern eben ein friedlicher Wettbewerb. Ich bin gespannt, wie das wird. In ein, zwei Jahren, sage ich mal, werde ich euch daran erinnern, was ich gesagt habe, ob die Menschheit dieser Aufgabe gewachsen war oder nicht. Diese Frage dem Gottlob Ephraim Lessing ins Ohr!«

Das war 1945. 1949 war unser Abitur. 2009 hätten wir das 60jährige Abitur feiern können. Aber niemand dachte daran. Hans-Wolfgang Rehberg lebte längst nicht mehr. Er hatte aus schlichter Naivität und aus Spieltrieb den BBC in London angepeilt, Grüße übermittelt und die Eisenacher Lokalzeitung zitiert. Der sowjetische Geheimdienst war sofort alarmiert. Die Frau unsers Lehrers berichtete uns später, er sei irgendwo in Sibirien verschollen. Die meisten von uns gingen nach dem Abitur in die Bundesrepublik. Von den 24 von damals lebten beim Jubiläum wohl noch fünf. Wir haben nicht gefeiert.

Wie, frage ich mich, hätte unser Gespräch ausgesehen? Wir sitzen wie einst im Schulgarten, die Stühle im der Runde gestellt. Der dort ist also Rehberg, inzwischen 88 Jahre alt. Das ist heute kein ungewöhnliches Alter mehr. »Was ist aus unseren Erwartungen geworden?«, fragt er. »Erziehung des Menschengeschlechts«, sagt ein sehr grau gewordener Pastor seufzend. »Erziehung des Menschengeschlechts – ein schöner Gedanke. Ich habe damals schließlich Theologie studiert und bin ins Pfarramt gegangen. Bereut habe ich es nicht. Aber dass hier ein Prozess im Gang ist, und ich muss allenfalls ein bisschen mit daran schieben, davon kann keine Rede sein. In diesem Prozess ist die Kirche nur immer kleiner geworden. Ich weiß nicht, ob ich das sagen soll, aber ich denke heute, für mich ist das Evangelium eher eine Sache des Augenblicks. Der verlässt dich und der erfasst dich, und zuletzt ist es nicht ein ewiges Werden, sondern es ist ein ewiges Jetzt.« Er legte die Hände auf die Knie und nickte ein wenig mit seinem alten Kopf. Ein anderer sagt: »Also bei mir spielt die Kirche keine Rolle mehr. Aber neulich habe ich eine moderne Inszenierung vom Nathan gesehen. Dort wurde vor allem gezeigt, dass das ganze Stück in einem internen Krieg spielt. Der eine Tempelherr wird dort zufällig begnadigt, weil er einem Verwandten ähnlich sieht, sechs andere aber werden offenbar hingerichtet. Und der Patriarch, einem heutigen Würdenträger der Kirche vergleichbar, urteilt ja klar und brutal: Tut nichts. Der Jude wird verbrannt. Tut nichts, der Jude wird vergast. Nichts für ungut, aber der Regisseur macht jedenfalls auf eine Seite der Mutter Kirche aufmerksam.«

Jetzt meldet sich Rehberg zu Wort. »Mein Thema im Nathan war ja der Wettbewerb. Es strebe jeder von euch um die Wette – ihr erinnert euch. Bei Lessing geht es ziemlich zentral um einen Wettbewerb in Menschen- und Gottesliebe. Heute geht es aber, wenn ich meine Zeitgenossen richtig verstehe, um die kräftigste Selbst- und Eigenliebe, Selbstbewusstsein, Selbstverwirklichung. Es strebe jeder danach, zur Spitze zu gehören, zur Elite und zu einer Exzellenzuniversität. Mit Spitzenleistung sich an die Spitze setzen und alle andern hinter sich lassen. Aber was wird aus den andern, fragt uns der Gotthold Ephraim. Menschheitstraum oder Einzelsieg.«

Ich sehe die Runde im Schulgarten schwinden. Aber noch immer blühen die Dahlien, und Zugvögel streichen um die Dächer des alten Klosters.

Zurück ins Jahr 1945. Wie sah die Welt damals für uns aus? Ich denke sehr gern an diese Zeit zurück. Denn jetzt hatten die Rollen sich ausgetauscht. Bisher genossen die Mitschüler das höchste Ansehen, die sich am robustesten durchsetzen konnten, sportliche Typen, hart wie Kruppstahl. Jetzt aber hatten die Besatzungsmächte das Fach Sport bis auf weiteres vom Lehrplan gestrichen. Sie fürchteten, das könne zum Wehrsport missbraucht werden. Gefragt waren jetzt Leute, die in einer ganz veränderten Wirklichkeit Ideen für eine neue Welt hatten, die nicht vorgegebene Anweisungen ausführen, sondern die neue entwickeln konnten. Solche Fähigkeiten hatte ich gebraucht, als ich mit meinen

Beschränkungen im Hitlerstaat durchkommen musste. Es war jetzt die Zeit der Diskussionen, nicht der militärischen oder der handgreiflichen Auseinandersetzungen, sondern die Zeit der neuen Konzeptionen und der rettenden Ideen. Da konnte ich mithalten.

Gedruckte Schulbücher gab es nicht. Einer hatte sich einige aus der fünften bis achten Klasse aufgehoben, und wir lachten, als wir erfuhren, was in dem Lehr- und Stoffplan für den Religionsunterricht in den Volksschulen des Kreises Weimar empfohlen wurde, zum Beispiel unsere großen Deutschen vorzustellen, Luther natürlich, Schiller, und seine »sittliche Schwungkraft«, Bismarck und Hindenburg mit ihrer »vaterländischen Verbundenheit«, Adolf Hitler als »unser deutscher Glaubensheld«. Oder auch wie ein Wettbewerb in Menschen- und Gottesliebe geschildert wird, in dem Jesu Kampf gegen jüdische Ich-Sucht zu schildern ist, und wie diese »undeutschen« Mächte der Ich- und der Selbstsucht an ihren Machwerken gehindert werden.

Rehberg bot uns an, am Nachmittag in seinem Garten an einem Englisch-Grundkurs teilzunehmen: »Peter Hill is a clerk in a London bank.« Erhard Mauersberger, der Leiter des Eisenacher Bachchors und spätere Thomaskantor kehrte aus der Kaserne zurück. Wir sangen Bachs h-moll-Messe in der nicht zerstörten kleineren Nikolaikirche am Nachmittag und am Abend noch einmal, weil sonst die Plätze nicht reichten: »Gloria in excelsis Deo«. Mit einem kleinen Auswahlchor fuhren wir mit ihm auch auf die Dörfer, sangen in der Dorfkirche Schütz und Distler und aßen uns bei den Familien der Bauern einmal richtig satt.

Wie es weitergeht in den Trümmern unserer Städte und unter den Besatzungsmächten, wusste niemand. Mein sehr geliebter Berliner Großvater, fast 80 Jahre alt, war 1944 aus dem ständig bombardierten Berlin zu uns nach Eisenach evakuiert worden. Jetzt erhielt er einen Ruf in die noch ungeteilte Hauptstadt. Ob er bereit sei, in seinem alten Rang als Oberregierungsrat seine Verwaltungsakademie, von Hitler geschlossen, wieder aufzubauen. Schon die Fahrt in einem der sehr seltenen und sehr überfüllten Züge war ein Abenteuer, dem der mutige alte Mann sich aussetzte. Als er völlig zermürbt mit großer Freude sein Ihnehaus unzerstört in Dahlem sah, atmete er auf. Der Schlüssel passte noch. Aber drinnen lärmten junge Männer. Das Haus war als Quartier für die US-Offiziere beschlagnahmt. Der tapfere alte Herr fand eine Notunterkunft bei Bekannten, die in Dahlem geblieben waren. Erst später erfuhren wir, wie sein Ende war. Die U-Bahn fuhr provisorisch wieder, und mit ihr fuhr er jeden Morgen in eins der notdürftig erhaltenen Gebäude im Zentrum. Gegen Mittag, berichteten später Passanten, sprach er in einer Polizeiwache vor. Ihm sei schwindlig, ob sie ihm nach Hause helfen könnten. »Na, alter Herr«, sagte ein Polizist, »dann setzen Sie sich mal hier hin und trinken einen Schluck Wasser. Das erfrischt schon ganz gut. Und dann gehen Sie mal brav nach Hause.« Er hat dann wohl im Schwindel eine Straßenbahn übersehen, die ihn anfuhr. Bei seinen Bekannten ist er dann noch einige Tage lang gepflegt worden, und unsere Mutter hat ihn auch noch lebendig angetroffen. »Jetzt wollen wir Schluss machen«, waren seine letzten Worte. »Es war schön.«

Die Großmutter, die alte Norwegerin, war in Eisenach geblieben. Man hatte eine alte, aber vornehme Villa ausfindig gemacht, die drei Ordensschwestern zu einem Seniorenheim für alte Damen gestaltet hatten. Die alte Dame aus Norwegen, die darauf bestand, ein vor langer Zeit verstorbener Bruder werde sie besuchen, sagte uns: »Das Haus ist passabel. Aber das Personal«, und damit waren die Ordensdamen gemeint, »ist unmöglich.«

Während unsere ganze Gesellschaft sich von Grund auf neu gestaltete, ging hier gleichzeitig eine längst überholte ferne Welt zu Ende.

Die Frage aber, die uns bewegte, war ganz und gar grundsätzlicher Art. Was wird unsere Welt sein? Unsere Eltern, am Jahrhundertanfang geboren, konnten allenfalls sagen, das, was zwölf Jahre lang über uns herrschte, das war unsere Welt nicht, sondern die unserer Feinde. Aber die Welt davor – in der waren wir zu Hause. Das war die deutsche Republik, das waren die Comedian Harmonists, das war Thomas Mann und Bertolt Brecht. Jetzt kehrt diese unsere Welt von einst wieder zurück.

Eine Welt aber, die uns, der jüngsten Generation gehörte, gab es noch gar nicht. Und wir konnten sie uns auch nicht schaffen, denn wir lebten unter dem Diktat anderer, der Russen, der Amerikaner, ihrer Helfer. Wir nahmen zur Kenntnis, wohin die Fluten der Zeit uns spülten. Wir nahmen die Chancen wahr, unserem neu geschaffenen Luthergymnasiun ein eigenes Gesicht zu geben. Ich hängte in unserem Kreuzgang eine eigene Wandzeitung aus, »Spectator academicus«, und wir gestalteten, vom Direktor gefördert, die erste Stunde am Montagmorgen auf vielfache Weise. Aber als unser Direktor, der auf Reformschule orientiert war, über Nacht die Stadt und das Land verließ, warf ein neuer Direktor das Ruder herum, deutsch-sowjetische Freundschaft und die Herrschaft des Proletariats auch in unseren Schulen. Sterilisiert oder zum Judenhass gedrängt zu werden musste ich sicher nicht mehr fürchten, und das war sicher ein tiefes Aufatmen. Aber als unser deutsches Land sich durch eine scharfe Grenze geteilt sah und jeder Teil eine klare politische Stellung bezog, da hatte diese unsere Welt ihr neues Gesicht.

Und heute sitzen wir also zusammen und fragen uns, wie sieht es inzwischen mit unserer Welt aus. Einer sagt: »Ihr habt ein hartes Leben gehabt, denn ihr musstet zwei Diktaturen nacheinander ertragen, und erst seit zwanzig Jahren gehört ihr zur freien Welt, in der zu leben ein echtes Menschsein bedeutet. Glückwunsch euch zu solcher Befreiung!« – »Vorsicht«, sagt ein anderer, »vor solcher schnellen Gleichsetzung von beiden – von Faschismus und dem Sozialismus der sozialistischen Einheitspartei! Sicher haben viele unter der SED, unter Ulbricht und Honecker und ganz und gar unter Stalin gelitten. Aber es gibt einen entscheidenden Unterschied zwischen beiden Programmen. Ich rede gar nicht einmal vom Ursprung, in der rassistischen Hitleridee des 20. Jahrhunderts und dem gegenüber in der französischen Revolution ›Freiheit, Gleichheit und Brüderlichkeit‹ und in der Arbeiterbewegung des 19. Jahrhunderts. Der entscheidende Unterschied, denke ich, ist der Weg zu einem Sozialismus. Wo dies Ziel durch Druck, durch Zwang, durch Terror durchgesetzt werden soll, da verkommt alles zur Diktatur. Aber es gibt auch die andern Wege. Immerhin hat Willy Brandt viele lang Jahre einer sozialistischen Internationale vorgestanden, und Olof Palme war sein Nachfolger. Denen wird niemand einen Verrat an der Demokratie vorwerfen. Ihr Weg zum Sozialismus war die parlamentarische Demokratie. Und Michail Gorbatschow hat es immerhin mit der Reform versucht. Nach dem Ziel müsst ihr fragen, aber mindestens ebenso dringlich nach dem Weg.« Ein Dritter schaltet sich ein. »Aber mir ist heute das Ziel das Wichtigste und was wir dafür tun. Als im Gedenkjahr 2009 gemeinsam an den Aufbruch 1989 gedacht wurde, an die Friedensgebete in unseren Kirchen und daran, wie sie auf die Straßen hinausgetreten sind, hieß es, das große Ziel war damals für alle die persönliche Freiheit der Massen und des Einzelnen. Darüber wurde vergessen, dass die ursprüngliche Zielsetzung eigentlich hieß, Frieden, Gerechtigkeit und Bewahrung der Schöpfung. Wie weit, frage ich euch, sind wir damit vorangekommen? An dritter Stelle hinter den USA und Russland stehen wir Deutschen in der Versorgung der Welt mit modernen Waffen. Über allen Weltmeeren weht unsere Flagge über den hoch bezahlten deutschen Kanonen. Frieden? Und wir Europäer leben auf einer Insel des Wohlstandes in einem weltweiten Ozean des Hungers und des Elends und verteilen auch unter uns den Reichtum höchst unterschiedlich an hundert Milliardäre, und Nachbars Kindern fehlt das Frühstück. Gerechtigkeit? Und Mutter Natur, hört ihr sie seufzen, vielleicht sogar schreien? Bewahrung der Schöpfung?«

So sitzen wir heute zusammen, bedenken die Vergangenheit, die dies Buch geschildert hat, und fragen einander nach der Zukunft.

Nachspiel

Ich sehe auf von meinem Computer, der seit dem Frühjahr meine Erinnerungen festgehalten hat. Jetzt steht die Julisonne vor meinem Fenster über dem Saaletal, und ein Abglanz beleuchtet zufällige Ecken meines Bücherregals – Anna Seghers, Luthers Werke, der Struwwelpeter. Auf der obersten Reihe, wo die Sekundärliteratur steht, habe ich mein Reh aufgestellt, ein Spielzeug aus fernen Tagen. »Erinnerst du dich noch«, frage ich das ziemlich abgenutzte Steiff-Tier, »wie wir uns damals in der Ziegelstraße gemeinsam in den Schlaf geweint haben?« – »Aber natürlich«, sagt das Tier. »Wie sollte ich mich nicht erinnern. Du und ich, wir sind ja in vielen deiner Träume zusammengewesen und haben inzwischen Spielkameraden dazugewonnen.« Mit dem jungen Burschen auf dem Bild in »Sang und Klang im Kinderland« bin ich in das Wiesenland gewandert. Und dem alten Juden mit den vielen Warzen im Gesicht, den mir mein Banknachbar in der Schülerzeitung zeigte, habe ich heimlich gut zugeredet, und in der Nacht haben wir miteinander gelacht. »Eine Brille hast du ja auch auf«, habe ich gesagt. »Aber natürlich«, hat er gesagt und hat dabei einen siebenarmigen Leuchter angezündet. Er lud das alte Reh zum Mitkommen ein, hob den Leuchter mit allen Kerzen in die Höhe und leuchtete in unsere Vergangenheit.

Wenn wir, der Großvater und ich, knöcheltief durch Glasscherben waten und fürchten, die U-Bahn nach Dahlem fährt uns weg, dann weiß ich, ich träume jetzt einen unruhigen Traum. Anders ist es schon bei einem wiederkehrenden Nachterlebnis. Manchmal um Mitternacht wache ich auf. Einen Augenblick lang frage ich mich, sind deine Augen jetzt wieder verbunden, liegst du darum im Dunkeln? Und was der Professor halblaut mit andern Ärzten oder mit irgendwelchen Beamten bespricht, verstehst du nicht. Mach schnell Licht an! Nein, du bist zu Hause und musst dich vor nichts fürchten.

Das Reh schaltet sich ein: »Wollen wir nicht mal etwas Schöneres hören? Lass ihn doch mal von meinen Geschwistern erzählen, von Teddy und Mieze.« – »Gern«, sage ich. Als unser Sohn in dem Alter war, in dem der Vater sich am Abend ans Bett setzt, und wir noch etwas spielen, da haben wir ganz bewusst etwas für die Freundschaft aller Völker getan. Da war Teddy, ein abgewetzter einäugiger Teddybär, und da war Mieze, eine dicke graue Plastikkatze, die uns immer aufs Neue besuchten, aber wir, ich und der Sohn, waren immer aus einem andern Land. Einmal waren wir Willy und Charly in Glasgow, am nächsten Abend Micha und Pjotr aus Smolensk und am nächsten Abend Mung und Zigung, zwei lustige Schwarze aus Togo. Teddy und Mieze besuchten uns also rundum in dieser und jener und noch weiterer Gestalt. Wir erlebten an ungezählten Abenden den Reichtum an Völkern, und Teddy und Mieze sitzen heute noch im Fernsehzimmer und erinnern uns an all die guten Freunde in allen Nationen, in deren Gestalt wir einander begegnet sind.

Teddy und Mieze haben bei unseren Treffen viel und schön erzählt. Ich selber habe dagegen eine etwas merkwürdige Gewohnheit zu berichten und frage, was ihr davon haltet.

Immer wenn wir mit der U-Bahn fuhren, habe ich meine Mutter oder meinen Großvater gebeten, wir sollten in den letzten Wagen einsteigen, egal in welche Richtung es auch ging. Da U-Bahnen an den jeweiligen Endstationen ihre Richtung wechselten, jedoch natürlich nicht auf dem Gleis einfach umgedreht werden konnten, gab es an beiden Enden des Zuges jeweils ein Fahrerhaus, welches meist abgeschlossen war und einen Begleiterstuhl, auf dem der Zugbegleiter saß und an den einzelnen Stationen aus der Tür schaute, ob auch alle Fahrgäste eingestiegen sind. Dieser Platz war nun am jeweils hinteren Ende eines Zuges frei.

Dort also saß ich und guckte nach hinten. Der tiefe, dunkle Schacht blieb unentwegt hinter uns. Viele weiße und einzelne rote und grüne Lichter wechselten einander ab. Alles blieb hinter uns zurück und verschwand im Dunkeln. Unaufhörlich hatte ich alles hinter mir. Ich sehe nicht, was ich zu erwarten habe, sondern nur, was hinter mir liegt.

»Hast du mich nicht auch oft da hinten auf dem Platz sitzen und in den Schacht starren sehen?«, fragte ich mit einem Blick nach oben auf das Bücherregal, wo das Reh die ganze Zeit meinen Gedanken gelauscht hatte.

»Natürlich hab ich das. Aber das ist nur die halbe Wahrheit. Oft genug sah ich dich auch mit den Fahrgästen reden. Über die Strecke, das Ziel, aber auch einfach nur über etwas ganz Banales, um so vielleicht die Fahrzeit etwas interessanter und angenehmer zu gestalten. Und ich erinnere mich auch, wie du an die Tür des Fahrerhaus geklopft hast und dich vergewissern wolltest, ob es auch wirklich in die richtige Richtung geht. Daran erinnere aber nicht nur ich mich. Du bist sicher auch dem einen oder anderen in dem Zug noch bekannt. Denn dir war es wichtig, deine Fahrzeit nicht nur sitzend auf einer Bank zu verbringen, sondern mit den anderen zusammen die Fahrt zu erleben. Hast du nicht zu andern Zeiten selber gesungen:

Wer aufbricht, der kann hoffen
in Zeit und Ewigkeit.
Die Tore stehen offen.
Das Land ist hell und weit.«

Ich schlage mein kleines Buch zu. Die kommenden Tage und Nächte ziehen herauf. Die Zeit spült uns langsam ins Unbekannte, Unabsehbare.

Und ich versuche, mir auf das Ganze meinen Reim zu machen:

Ins Offene werden wir sehen,
wenn die Stürme die Nebel verscheuchten.
Zwar die Sonne wird untergehen.
Doch der Himmel wird groß sein und leuchten.

Bitte, beachten Sie auch die folgenden Seiten

Lieferbare Radius-Bücher. Eine Auswahl

Gerhard Begrich: Namen und Namengeschichten in der Bibel
Gerhard Begrich: Schönheit sollst du schauen
Theologie und Poesie
Peter Bichsel: Im Hafen von Bern im Frühling
Christoph Dinkel (Hg.): Im Namen Gottes
Kanzelreden zu den sechs Perikopenreihen [2008-2013]
Wolfgang Erk (Hg.): Viele gute Wünsche. Literarische Annäherungen
Wolfgang Erk/Martin Scharpe: 50 Jahre Radius-Verlag. Eine Chronik
Ulrich Finckh: Vom heiligen Krieg zur Feindesliebe Jesu
Traugott Giesen: Macht hoch die Tür
Predigten und Kolumnen für die Weihnachtszeit
Hannah Green: Ich hab dir nie einen Rosengarten versprochen
Peter Härtling: Meine 75 Gedichte und zehn neue
Johannes Hamel: Echt und aus Vollmacht
Johannes Hempel: Evangelisches Christsein
Kernpunkte – Erläuterungen – Impulse
Klaus-Peter Hertzsch: *siehe Seite 4*
Egbert Höflich: Was kann ich glauben?
Gedanken zur Zukunft der Kirche
Reinhard Höppner/Joachim Perels (Hg.):
Das verdrängte Erbe der Bekennenden Kirche
Walter Jens: Das A und das O. Die Offenbarung
Walter Jens: Der Römerbrief
Walter Jens: Die vier Evangelien
Eberhard Jüngel: Anfänger. Herkunft und Zukunft christlicher Existenz
Eberhard Jüngel: Außer sich. Theologische Texte
Eberhard Jüngel: Beziehungsreich. Perspektiven des Glaubens
Otto Kaiser: Das Buch Hiob. Übersetzt und eingeleitet
Otto Kaiser: Kohelet. Das Buch des Predigers Salomo
Otto Kaiser: Weisheit für das Leben. Das Buch Jesus Sirach
Otto Kaiser: Die Weisheit Salomos
Werner Krusche: Ich werde nie mehr Geige spielen können
Erinnerungen
Reiner Kunze: Bleibt nur die eigne Stirn. Ausgewählte Reden
Gerd Lüdemann/Martina Janßen: Bibel der Häretiker. Nag Hammadi
Henning Luther: Religion und Alltag
Bausteine zu einer Praktischen Theologie
Kurt Marti: DU. Rühmungen
Kurt Marti: geduld und revolte. die gedichte am rand
Kurt Marti: Gott im Diesseits. Versuche zu verstehen
Kurt Marti: Heilige Vergänglichkeit. Spätsätze
Kurt Marti: Prediger Salomo. Weisheit inmitten der Globalisierung

Kurt Marti: Die Psalmen. Annäherungen
Kurt Marti: Schöpfungsglaube. Die Ökologie Gottes
Kurt Marti: Von der Weltleidenschaft Gottes. Denkskizzen
Gerhard Marcel Martin: Das Thomas-Evangelium
Pierangelo Maset: Geistessterben. Eine Diagnose
Elisabeth Moltmann-Wendel: Gib die Dinge der Jugend
mit Grazie auf. Texte zur Lebenskunst
Elisabeth Moltmann-Wendel: Der auf der Erde tanzt
Spuren der Jesusgeschichte
Dễ văn Nguyễn: Wege im Werden
Lebensschritte zwischen zwei Kulturen
Gert Otto: Tod und Trauer brauchen Sprache
Hans-Richard Reuter: Beim Wort genommen. Predigten
Eleonore von Rotenhan: Paradies im Niemandsland. Alzheimer
Martin Scharpe / Wolfgang Erk (Hg.): Tag für Tag
Literarisches Geburtstagsbuch
Wieland Schmied: Bilder zur Bibel
Maler aus sieben Jahrhunderten erzählen das Leben Jesu
Wieland Schmied: Von der Schöpfung zur Apokalypse
Bilder zum Alten Testament und zur Offenbarung
Wieland Schmied: Ochs und Esel und andere Tiere der Bibel
52 Meisterwerke der europäischen Malerei
Gunda Schneider-Flume: Realismus der Barmherzigkeit
Friedrich Schorlemmer (Hg.): Das soll Dir bleiben
Texte für morgens und abends
Friedrich Schorlemmer: Den Frieden rislieren. Sätze und Grundsätze,
Pamphlete und Predigten, Reden und Einsprüche aus 20 Jahren
Friedrich Schorlemmer: Die Weite des Denkens und die Nähe zu den
Verlorenen. Einlassungen auf Texte des Evangelisten Lukas
Fulbert Steffensky: Gewagter Glaube
Fulbert Steffensky: Mut zur Endlichkeit
Sterben in einer Gesellschaft der Sieger
Fulbert Steffensky: Der Schatz im Acker. Gespräche mit der Bibel
Fulbert Steffensky: Schöne Aussichten
Einlassungen auf biblische Texte
Fulbert Steffensky: Schwarzbrot-Spiritualität
Fulbert Steffensky: Wo der Glaube wohnen kann
Fulbert Steffensky (Hg.): Ein seltsamer Freudenmonat
24 Adventsgedichte und 24 Adventsgeschichten
Hanna Wolff: Jesus als Psychotherapeut

Radius-Verlag · Alexanderstraße 162 · 70180 Stuttgart
Fon 0711.607 66 66 Fax 0711.607 55 55
www.Radius-Verlag.de e-Mail: info@radius-verlag.de